JN071559

古都・震災地巡礼の詩

島　正

いにしえの都、京都に魅せられて

初めて京都を訪れたのは、高校二年の修学旅行の時。当時は歴史好きの多感な十代。旅行先は北海道と関西のどちらかを選択出来たが、迷わず京都、奈良を含む関西方面を選び、心躍らせ勇躍参加。昭和四十二年八月の、日射し眩しい夏の季節だった。

日本史の中でも、名立たる武将が歴史の表舞台に躍り出て活躍する「平家物語」や、「太平記」の血沸き肉躍る軍記物に、わくわくしながら放課後の図書館で夢中になって読み耽っていた高校時代。その兵どもの夢の跡、京都に強い憧れを抱き、修学旅行では丸一日あった自由時間を目一杯利用し、天龍寺から大覚寺まで、嵯峨野を夢中で歩き回った。あれからもう五十年近くも経ってしまったが、今も変らず歴史好きのまま。

ただ勇ましい話だけではなく、出逢いや別れの何気ない物語にも心揺さぶられ、思わず胸を熱くする機会が増え、多感過ぎる六十代を迎えている。そしてあの東日本大震災で突然人生を閉じてしまった友人、知人を始め、多くの人々に想いを馳せる日々が今日まで続き、これが今、日常となった。更に大震災で被災し、京都で事業を再開した友人を激励しに京都を訪れ、その合間に古都を巡り歩いた。何度か訪れていた京都だが、震災後に見る風景は全く異なっていた。通り過ぎていた風景が、心揺さぶる感動秘話へ誘う風景に変わった。平安を祈った都、だが、この都で戦い破れ去っていった人は多い。こうした先人の生き様に想いを寄せ、その生きた証しを「三十一文字」に綴り、いにしえ人を偲ぶ「遺影」とし、今後は遺徳を一つ一つ辿る「巡礼の旅」を続けていきたい。このことが、我が生涯の「記憶遺産」となり、私の生きた証しとなるからである。

平成二十九年 一月　　仙台にて　　島 正

目次

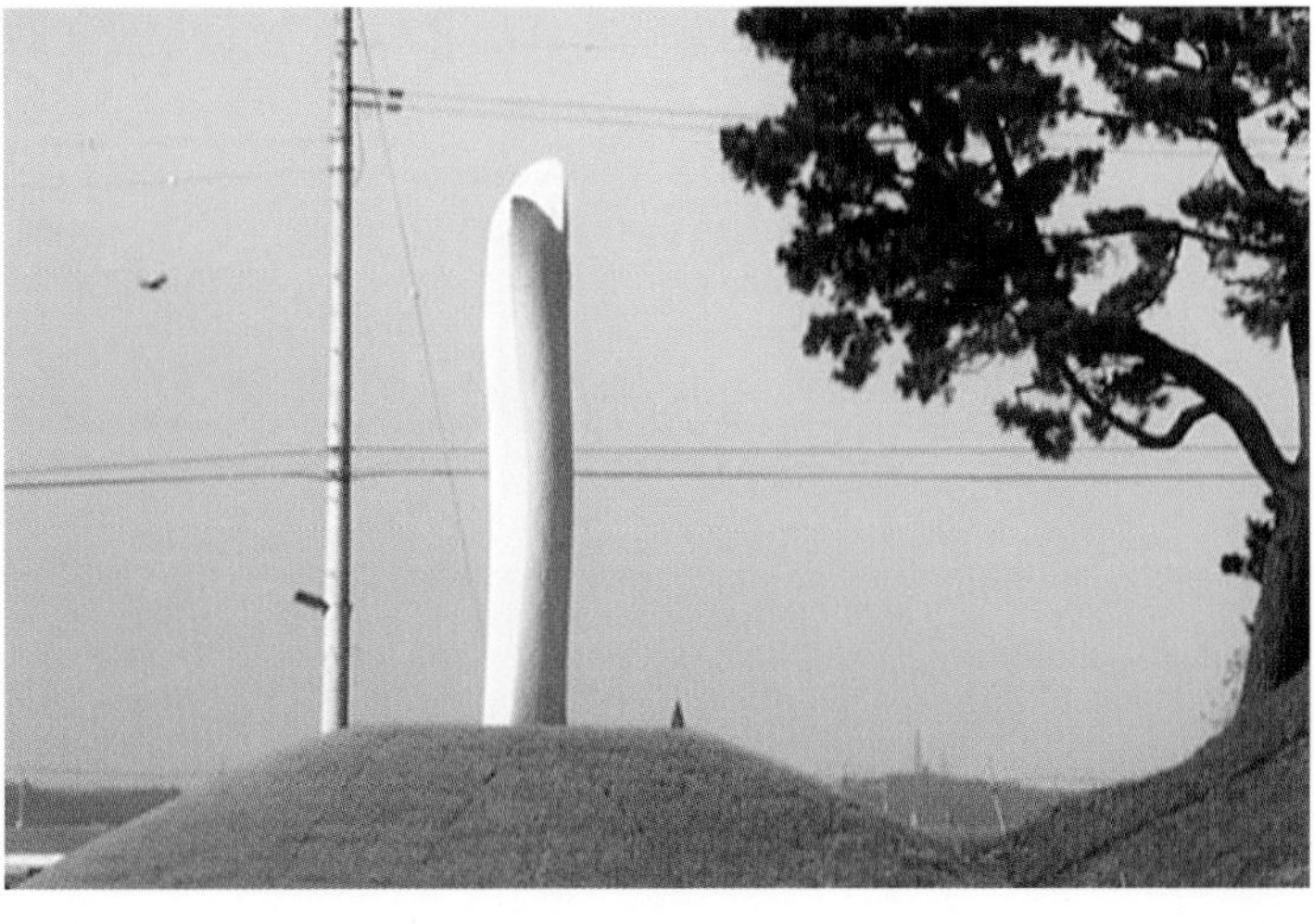

第一部

古都巡礼の詩

~その栄枯の名残り香を辿って~

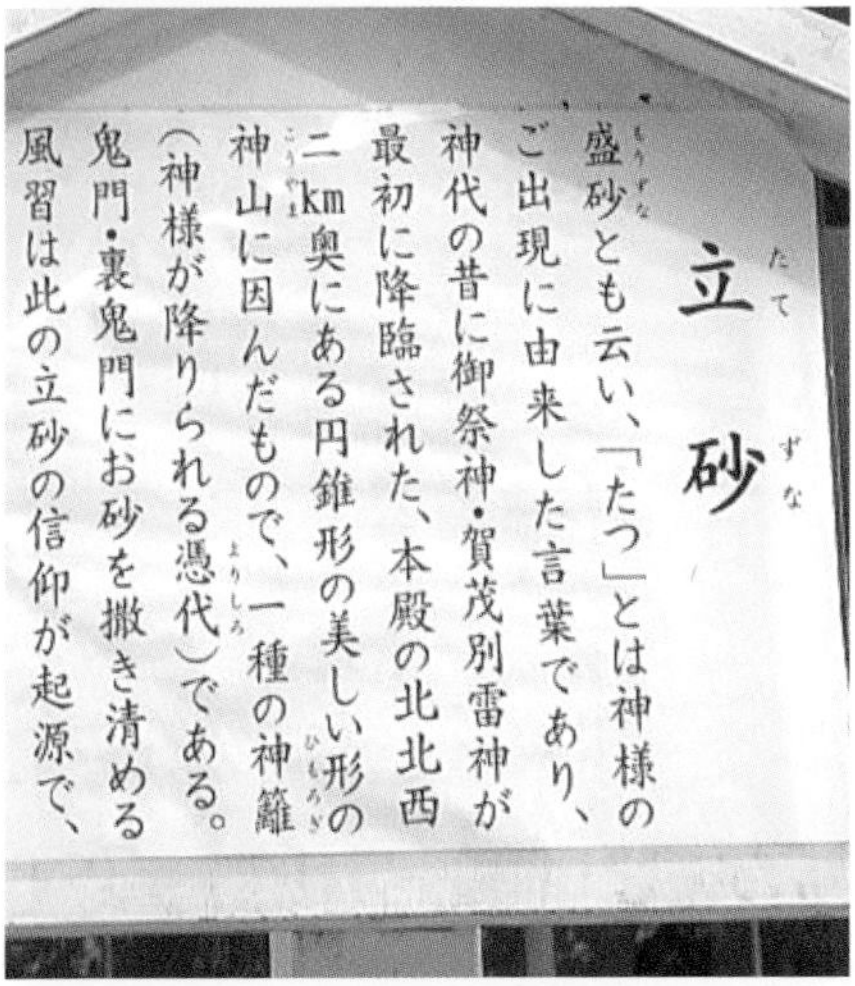
立砂《たてずな》
盛砂《もりずな》とも云い、「たつ」とは神様の
ご出現に由来した言葉であり、
神代の昔に御祭神・賀茂別雷神が
最初に降臨された、本殿の北北西
二km奥にある円錐形の美しい形の
神山《こうやま》に因んだもので、一種の神籬《ひもろぎ》
（神様が降りられる憑代《よりしろ》）である。
鬼門・裏鬼門にお砂を撒き清める
風習は此の立砂の信仰が起源で、

上賀茂神社

平安京が出来る前から鎮座していた上賀茂神社。この地を支配していた賀茂氏の氏神賀茂別雷神（かもわけいかづちのかみ）を祀っている。平安遷都以降、歴代の皇族の女性が斎王として仕え、伊勢神宮に次ぐ格式を有した。細殿前の二つの立砂は、風と雷を起こし、まるで雨を呼ぶパワースポットのように神々しく、凛として鎮座。

凛として
聳え立ては
神の身か
二つの立砂
二葉の葵
―上賀茂神社にて

下鴨神社

上賀茂神社と同じ賀茂氏の氏神。五穀豊穣の神が祀られ、平安京となってからは、都の安寧が祈願され、皇室の氏神となった。

境内一杯に広がる、樹齢数百年の原生林糺の森は、太古から神々が鎮座するに相応しい神聖な森。うっそうとした木々の奥からは都を守る為、ひそひそ話し合っている森の精霊たちの声が聞こえてきそう。

とこしえに
都の守り
務めしは
糺の森に
集いし神か
―下鴨神社にて

御霊神社

祟り除け
御所の守り
続けども
天下の大乱
起こりし社
—上御霊神社にて
御霊神社
七五三まいり

上御霊神社

平安京が出来る前は、大和国の後背地だったため山背国と呼ばれ、その当時鴨川流域は賀茂氏、出雲氏などの豪族が支配していた。その出雲氏が建てた寺院跡に、怨霊を鎮める神社が建てられた。

桓武天皇は平城京から長岡京へ遷都する為、都の建設を進めていた。その建設途上で側近の藤原種継が暗殺され、首謀者の大伴氏と桓武帝の弟早良親王が捕らわれた。親王は無実を主張し、自ら絶食し非業の最期を遂げた。

すると桓武帝の母親、皇后が次々亡くなった為、早良親王の怨霊の祟りと恐れられた。その怨霊を鎮めるため祭神とする神社が建立され、以来都の守り神となった。ところが時代が下って室町時代末、畠山氏の家督争いを発端に、この地で戦いが始まり、結果、十一年間も続く最悪の大乱となった。これも怨霊の祟りだったのだろうか。

幾重にも
年輪刻む
切り株に
過ぎし都の
形見とぞ見ゆ
―下御霊神社にて

下御霊神社

下御霊神社は、上御霊神社と同じく早良親王を始め、平城天皇の時に、謀反の疑いで非業の死を遂げた伊予親王ら八名を祭神に祀っている。御所の北側にある上御霊神社に対し、南側にこの下御霊神社が配置された。

二つの神社は御所を挟むように守っている。疫病や天変地異が起こる度、この世に恨みを残し、非業の死を遂げた人の怨霊の祟りと怖れられた。

そこで怨霊を鎮める為、祈祷の聖地神泉苑で、御霊会が幾度も行われた。こうした古都の生き様を正門そばに残る古い切り株は、じっと見守り、そしていにしえ人の喜び哀しみを年輪に刻み込み、歴史の生き証人となって、今も変わらず古都を見守り続けている。

六道珍皇寺

この世とあの世が交差する六道の辻に位置する六道珍皇寺。平安の初期、朝廷参議の要職に就き、著名な学者でもあった小野篁。夜になると、この寺からあの世へ行き、閻魔大王の副官となり、裁きの助言も行ったという伝説の超人。あの世とこの世の出入りに、小野篁が使ったという井戸が境内に残っている。

六道の魔界へつづく珍皇寺 井戸に現る篁の影

——六道珍皇寺にて

内裏から
伝わる笛に
夢紡ぎ
式部想うは
光の君か
―廬山寺にて

廬山寺

御所の真東に位置する廬山寺は、御所内で宮中の仏事を司る寺院だった。本堂に鎮座する本尊は、平安時代作の阿弥陀如来像で、両脇に観音菩薩像と勢至菩薩が控えている。

皇室ゆかりの寺院に相応しく歴代天皇の位牌も安置されている。また江戸時代に仙洞御所の一部を移築しており高い格式を誇る。

後年この廬山寺が世界に名だたる偉人の邸と分かった。御所の近くに在り元々の建物は、紫式部の叔父や父藤原為時が住み、式部自身も父と住んだ邸であることが、昭和三十九年になって判明した。式部は御所に近いこの邸で源氏物語の構想を練り、世界に誇る不朽の名作を書き上げた。

歌碑を見守る枝垂れ桜と真っ白な庭に咲く桔梗の花が美しい。まるで源氏の世界に誘い、古都の静かな時の流れに浸れることが出来る数少ない処。

旧雲林院

紫式部が晩年住んだ紫野、旧雲林院の一画に、墓が人知れず残されている。訪れる人も少なく、街の喧騒と夏の日差しから守るように、竹の生垣が優しく包み囲んでいる。隣には、何と伝説の超人小野篁の墓がある。他にもう一つ式部の墓が引接寺にもあり、供養塔と満開の桜を背景に式部の銅像が立っている。その式部の表情が何とも愛らしく、思わず心が和んでしまう。

蝉が鳴き
静かに揺れる
葉の蔭で
眠る式部に
源氏を想う
―紫式部墓前にて

御所となり
帝渡りし
青蓮院
老樹に宿る
青の不動明王
―青蓮院にて

たおやかな
白川の流れ
美しく
柳見守る
過ぎゆく古都を
―祇園白川にて

一願石
六波羅蜜寺
浄財

十一面観世音菩薩立像
御開帳
平清盛坐像
弘法大師坐像
吉祥天女像
増長天立像
廣目天立像
地蔵菩薩立像
空也上人立像
地蔵菩薩坐像
薬師如来坐像

清盛の極めた栄華 春の夢 覚めて儚し 六波羅蜜寺

——六波羅蜜寺にて

六波羅蜜寺

東山に広がる鳥辺山の麓一帯は、亡くなった人を埋葬する葬送の地六原と呼ばれた。流行した疫病を鎮めるために空也上人が西光寺を建て、のち六波羅蜜寺と改称された。

清盛の祖父平正盛が、この地に阿弥陀堂を建て屋敷を構えると、これ以降平家の拠点となり、勢力を広げていった。清盛の代になると、平家、権勢絶頂の繁栄を誇り、六波羅一帯に広がる一門の邸は、大小五千余りを超えたという。奢れる平家、まつりごとの実権を握ると、全国の領地の半分を一門で独占。栄耀栄華をほしいままにし、まつりごとを私物化し悪者のイメージが強い清盛。だが福原に港を築き、瀬戸内の海上交通のルートを開き、中国の宋と交易を始めた発想と実行力は余人の追随を許さぬ快挙。

一所懸命、命を懸け土地を守り抜く坂東武者には、決して真似の出来ないスケールの大きい歴史的偉業を成し遂げた稀代の政治家清盛が六十四歳で亡くなると、平家一門は一気に陽が沈むよう、凋落の坂を転げ落ちていった。

夢の果て
讃岐の山に
朽ち果てし
御魂鎮めん
白峯神宮
――白峯神宮にて

崇徳天皇御廟

皇位継承で、崇徳院は実弟後白河天皇と争ったが敗れ、讃岐へ流罪に。世にいう保元の乱。讃岐に流された後、ひたすら写経に励み、都へ戻る日を待ったが許されず、遂に鬼の形相となり果てた。怨霊を鎮める為、後に白峯神宮が建てられ天皇陵も造られた。西行法師は、流される前に面会し、死後讃岐を訪れ御霊を鎮めた。

都への
想い募らせ
命尽き
怨み届けん
鬼となりても
――崇徳天皇陵にて

今様に興ずる主上退いて若き帝が我が道拓く
―香隆寺、二条天皇陵にて

二条天皇陵

二条天皇の父は、今様狂いで有名な後白河天皇。その後白河天皇は、鳥羽上皇と待賢門院璋子との間に生まれた第四皇子だった為、皇位を望む立場になく、専ら今様の世界に興じていた。ところが歴史の歯車は思わぬ方向に動き始める。

ことの始めは白河天皇にまで遡る。白河天皇は十四年間在位した後、上皇となって堀河天皇、鳥羽天皇、崇徳天皇の三代に渡り、四十年以上も強力な院政を敷いた。白河上皇は養女とし可愛がっていた待賢門院璋子を、孫の鳥羽天皇に入内させ、産まれた皇子を天皇とする為、鳥羽天皇に譲位を迫った。二十一歳で上皇となった鳥羽院は、この措置に不満を持ち、白河上皇と密接な関係のある待賢門院と崇徳天皇を嫌い遠ざけていた。やがて白河法皇が亡くなると、鳥羽院は積年の恨みを晴らすように崇徳天皇を譲位させ、美福門院得子との皇子を即位させた。三歳の近衛天皇の誕生だった。譲位させられた崇徳上皇は、今度は鳥羽院と美福門院に対し、強い不満を抱き続けることになり、その不満は、十七歳で突然崩御した近衛天皇の後継争いで頂点に達した。次の皇位に我が子ではなく、あろうことか今様に興ずる遊び人二十九歳の弟を後白河天皇とした鳥羽院に敵意を持ってしまう。鳥羽院が亡くなると、すぐ皇位奪還のため兵を募り、弟の後白河天皇に戦いを挑むが、あっけなく敗れ讃岐に流され不運の生涯を閉じた。降ってわいたように皇位に就いた後白河天皇は三年後、我が子に譲位、二条天皇とし院政を始めた。十六歳で即位した二条天皇は意外にも父と距離を置き、父の干渉を排除し、天皇親政を開始。しかし夢半ば七年後に崩御してしまう。父と一線を画し、独自のまつりごとを始めた二条天皇は父の眠る法住寺陵とは遠く離れた平野神社近くの洛西、孤高の地香隆寺陵で静かに眠っている。

ひさかたの
光り分けつつ
いにしえの
香りかぐわし
竹林の径
―嵯峨野にて

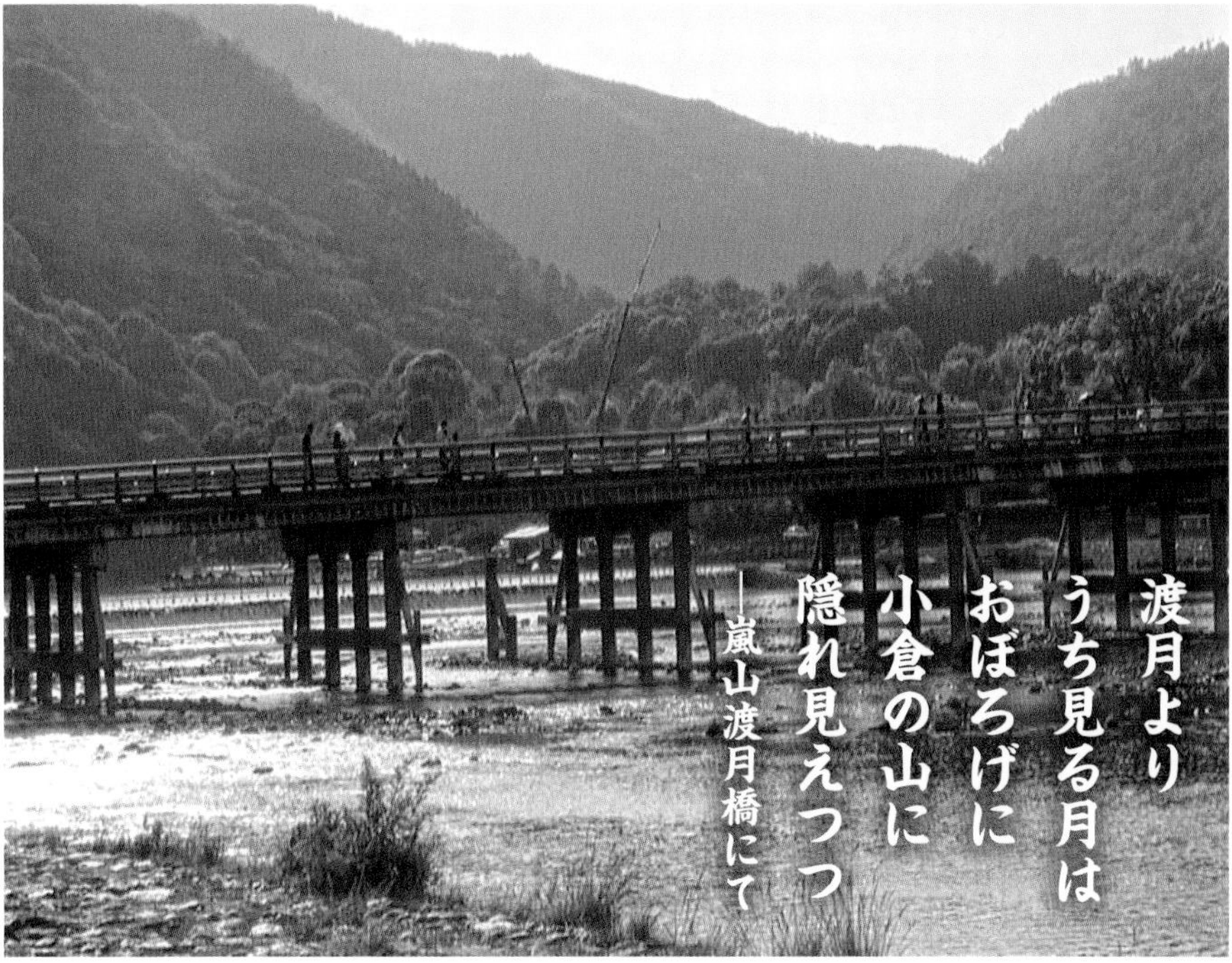
渡月より
うち見る月は
おぼろげに
小倉の山に
隠れ見えつつ
―嵐山渡月橋にて

祇王寺（往生院

苔むして
ときが優しく
降り積もり
祇王の哀しみ
留めし庵
―祇王寺にて

祇王寺

法然上人の高弟良鎮が小倉山の麓の往生院の境内に創建したのが始まり。当時は大きな寺院だったが、次第に荒廃。尼寺だけが残り祇王寺となった。

平家物語は、平家一門の繁栄と滅亡を描き世の無常、はかなさを訴えているが、白拍子祇王の物語もその代表。近江の野洲郡に生まれた祇王は、白拍子の母の指導で舞いの名手になった。父の死後は、母と妹三人で、京へ出て暮らした。

美しい白拍子祇王の評判が広まり、たちまち清盛の知るところとなった。祇王の舞を観て、一遍で気に入った清盛は、親子を西八条の別邸に住まわせた。祇王親子は、夢のような暮らしが始まり、祇王は我が世の春を謳歌した。

だが移り気な世の流れ、清盛の寵愛は新しい白拍子仏御前に移ってしま

夢逝きて
忍び息づく
もみじ葉の
寂しき野辺に
眠りし祇王
―祇王寺にて

い、祇王は、西八条の邸を出ることになった。

夢のような三年間の暮らしを振り返り「萌えいづるも枯れるも同じ野辺の草いずれか秋に会わで果つべき」と書き残し、祇王は、母、妹と出家し嵯峨野に住んだ。やがて仏御前も明日は我が身と出家。ともにこの祇王寺で、念仏三昧の日を送ったという。

この哀しい物語を伝える祇王寺の庭園も儚く、とても美しい。新緑の頃、庭園一杯に広がる青々とした苔は、思わず息を飲むほどの美しさ。更に秋の季節には、まるで浄土と見まがう世界が目の前に広がる。真赤な紅葉がひらひらと舞っていく様を見ていると、一瞬時が止まり、まるで祇王と仏御前が、仲良く舞っているかのように見えてしまう。秋の祇王寺は、神々しく心奪われるほどに美しく、そして哀しい。

滝口寺
京都市

立ちつくし
想い届かぬ
横笛の
悲しみ響く
奥嵯峨の寺
―滝口寺にて

滝口寺

祇王寺の隣に在り、滝口入道と横笛を祀る滝口寺を訪れる人は少ない。滝口寺は、元々念仏道場の往生院、三宝院だった。その後、応仁の乱などの争乱で、すっかり荒廃。明治になって祇王寺と共に再興され現在の姿に。

折しも若き頃、仙台で過ごした山形鶴岡出身の高山樗牛が、平家物語を基に書き上げた歴史小説「滝口入道」が世に出て評判を呼び、その名に因み滝口寺となった。祇王寺も哀しい物語を残しているが、滝口寺に伝わる滝口入道と横笛の悲恋は、余りにもピュアで、一途な想いが思わぬ悲劇を招き、哀しみが胸に突き刺さり、終生忘れ得ぬ物語となっている。明治の文体で描いた物語は、平家物語よりドラマチックで、登場人物が少ないだけ、かえって濃密な物語となり読む人の心を捉えて離さない。

その悲恋は出会いから始まる。清盛の西八条の別邸で開かれた花見の宴で、建礼門院に仕える雑仕女横笛が舞った時、その美しい姿に誰しも目は釘付けとなる。清盛の嫡男平重盛に仕える斉藤時頼も心奪われ、想いのたけを記した恋文を何度も送り続けた。

若き武者
一途に辿る
ほとけ道
心にかかる
君の泣き声
―滝口寺にて

恋の病に陥った息子を父は厳しく諌めた。時頼も何度も諦めようと努めたが、結局諦め切れず出家。幾日か経った頃、将来性豊かな若き武士が、その身分を捨て出家したとの噂が御所に広まった。何とその人は恋文を送り続けた斉藤時頼と知った横笛は、気が動転、厳しく自分を責め、せめて一目逢って詫びようと居場所を探し回った。やっと嵯峨野の庵を見つけ、何度も何度も戸を叩いた。だが、今は出家した身、もう昔のことは過ぎたことと、心を鬼にして滝口入道は追い返してしまう。

絶望した横笛は都に戻らず、現世の未練を断ち切り出家し尼に身を変えた。その後、滝口入道は高野山に移り、修行を重ね高野聖となった。そんな折、かつての主君平重盛の嫡男維盛が屋島を抜け出し、都の妻子に会いに行く途中、高野山に立ち寄った。この時も滝口入道は、重盛の嫡男として平家一門と運命を共にすべきと厳しく諌めた。恥じた維盛は、那智の海に入水。これを知ると、直ちにその浜に駆けつけ後を追うように割腹して果てた。武士のような見事な最期だったという。この横笛と時頼の、余りにも切なく悲しい物語を、高山樗牛は名作「滝口入道」で世に伝えた。

坂東の
もののふ眠る
苔の下
傍に侍るは
忘れじの君
―滝口寺、新田
義貞首塚にて

都落ち
堅田の別れ
なみだ雲
戻りし人の
想い出悲し
―滝口寺勾当内侍供養塔にて

同じ滝口寺に、もう一つ哀しい物語が伝わる。時代は南北朝時代、後醍醐天皇が鎌倉幕府を打倒。政治の実権を握り建武の新政を断行。

だが朝令暮改の政治に、不満を募らせた足利尊氏ら多くの武将が謀反。武力で京都に入り政治の実権を奪ってしまう。後醍醐天皇は吉野に逃れ、一方新田義貞は、恒良、尊良親王を奉じて越前に逃れ、再起を期した。この時、義貞は愛する勾当内侍を堅田に残し、涙ながらに再会を約し別れた。だが不運にも戦さに敗れ、亡骸となって京に戻り三条河原に首が晒されてしまう。勾当内侍は首を引取り、この地に埋葬し菩提を弔った。二人は今、同じ滝口寺で寄り添うように眠っている。

広沢の
遅き春出で
水ぬるみ
湖面に揺らぐ
古都の月影
—広沢池にて

北嵯峨の
広き水面を
眺めつつ
誰を待つのか
畔の地蔵
—広沢池にて

春満ちて 桜花かぐわし 花園の 阿弥陀に祈る 待賢門院

―法金剛院にて

法金剛院

平安時代の初め右大臣清原夏野が、この地に広大な山荘を建てたのが始まり。死後双ヶ岡寺となり、珍しい花々が植えられ、花の名所になった。嵯峨天皇ら歴代天皇の行幸も有り、これが花園の地名の由来に。その後天安寺となり、時代が下って平安時代の末、まさしく華と匂う女性璋子が、この寺院の主となった。

権大納言藤原公実の末子だった璋子は幼い頃、白河法皇に仕えた祇園女御の養女となり、白河法皇にも大事に育てられ、成人して法皇の孫鳥羽天皇の中宮になり崇徳、後白河と、のちに天皇になった二人を産む。皇位継承の争いに巻き込まれ、止む無く出家の身となった待賢門院璋子が、この地に極楽浄土と見まがう庭園と堂宇を建て法金剛院とした。皇位継承をめぐり争乱が相次いだ平安時代末、運命に翻弄され、悲劇的人生を送った女性は多いが、待賢門院もその一人。

匂い立つ
浄土の池に
咲き誇る
蓮となりしは
中宮彰子
―法金剛院にて

待賢門院璋子が産んだ崇徳天皇を鳥羽上皇は白河法皇の子「叔父子」として嫌い徹底して遠ざけていた。代わってお気に入りの美福門院得子との子を重用し、崇徳天皇に譲位を迫り近衛天皇とした。まだ三歳の幼帝だった。その近衛天皇が若くして崩御した後も、崇徳上皇の子を避け、その実弟を即位させ後白河天皇とした。この措置に強い不満を持った崇徳上皇は遂に決起。弟の後白河天皇打倒の兵を集め、世にいう「保元の乱」を引き起こすことになった。待賢門院は美福門院を呪詛した罪で出家を迫られ、法金剛院で、極楽浄土の夢を見つつ、四十四年の生涯を閉じた。

我が子二人が血で血を洗い、骨肉相食む凄惨な争いを目の当たりにせず、先立ったことがせめてもの救いだった。それにしても生き地獄のような不遇の晩年を強いたのは、人も羨む美貌を持ったことに対する「神の嫉妬」の為せる技なのだろうか。

世を捨てて
暗きうつつを
歩めども
永遠に灯せし
愛しき想い
―西行庵にて

西行庵

出家前佐藤義清と名乗った西行法師は、平将門を討ち取った藤原秀郷から九代目の子孫で、武門の誉れ高い武士だった。義清は和歌にも秀でており、宮中でも評判の歌詠みでもあった。待賢門院璋子の兄徳大寺実能の家臣だったが、北面の武士として鳥羽上皇にも仕え、中宮待賢門院やその子崇徳天皇へ和歌を献ずるなど、親密な交流を重ねていた。

その後、鳥羽上皇と崇徳天皇の軋轢が深まる中、どちらにも加担しない唯一の道を選択し、妻子を捨て出家したのでは。以後、仏の道を歩みながら時代の移り変わりを静かに見守り、不朽の歌を数多く残した。特に西行法師は、待賢門院を生涯忘れ得ぬ久遠の女性として慕い続けた。事実、西行の作品で「春の歌」「雑歌」に次いで「恋の歌」が最も多く、心の中には久遠の女性の面影が、常に生き続けていた。法金剛院で、待賢門院が息を引き取ったことを知ると「紅葉見て君が袂やしぐるらむ昔の秋の色を慕いて」の追慕と悲しみ溢れた追悼歌を残した。

六條天皇御陵
高倉天皇御陵

月を愛で
琴の音ひびく
音羽山
永遠に紡がん
忘れじの日々
—高倉天皇陵にて

高倉天皇陵

高倉天皇は、後白河法皇と清盛の正室時子の妹建春門院滋子との子。ただ四番目の親王であった為、皇位継承は望めぬ順位の低い皇子だった。

後白河天皇は、十六歳の守仁親王に譲位。二条天皇として即位させ、自らは上皇となり院政を始めた。ところが即位した二条天皇は、父の院政に反発。自らの側近を重用し親政を行い、まつりごとに強い意欲を見せた。危機を感じた上皇は、「平治の乱」などの混乱に乗じ、天皇の側近を排除、流罪にした。

さすがに打撃を受けた二条天皇は、我が子順仁親王に譲位し、間もなく崩御。更に僅か二歳で即位した六条天皇だったが、十三歳の若さで崩御。

ここでやっと順番がめぐり、八歳の憲仁親王が即位、高倉天皇となった。後白河上皇の院政が続いていたが、高倉天皇が十一歳になると、権力の中枢に入り込もうと、清盛はすかさず我が娘十七歳の徳子を入内させることに成功。やがて清盛の存在が大きくなり、まつりごとの実権を握っていくと、遂に日本全国の領地の半分を平家一門が独占するという、正に清盛、我が世の春の絶頂期を迎える。

うつつ世の
叶わぬ願い
叶い出で
帝愛でるは
小督の琴か
——清閑寺にて

清閑寺

平家絶頂期に即位した高倉天皇。一段と影響力を強めた清盛と父後白河法皇との確執が深まる中、唯一心安らぐ時間は、琴の名手小督と過ごすひとときだった。清盛が徳子と疎遠な高倉天皇に圧力をかけると小督は、天皇の身を案じ自ら身を引き、草深い嵯峨野に移り住んだ。嘆き悲しんだ高倉天皇は笛の名手の家臣に行方を探索させた。ようやく笛に合わせて琴を弾く小督を見つけ出し御所に連れ戻した。これを知った清盛は激怒。小督を清水寺の奥の清閑寺に閉じ込め出家させてしまう。

そして高倉天皇の第一皇子を即位させ安徳天皇とした。小督を失った天皇は絶望と悲しみの中、二十一歳の若さで崩御。小督のいる清閑寺の傍に埋葬するよう遺言したという。

在位中の高倉天皇は学問、詩歌を愛し、臣下の失敗をかばい、また大事な装束を盗まれ悲嘆にくれる若い娘に同じ装束を与えるなど、心優しい人柄を示すエピソードが数多く伝えられている。小督が出家した静寂な清閑寺のそばで永遠の眠りについた高倉天皇。心優しい高倉天皇は月を愛でながら、小督の琴を誰に遠慮することなく、心ゆくまでしみじみ楽しんでいることだろう、きっと。

生まれ来る
我が子の行く末
照覧あれ
常盤祈るは
常徳寺の秋
―牛若生誕地にて

常徳寺

歴史上の人物で、知らない人はいない源義経。だが生まれた場所を知る人は少ない。宮中きっての美貌を持つ常盤御前。近衛天皇の中宮呈子に仕える為、数多くの中から選び抜かれた美女で、二年ほど仕えた後、源氏の棟梁源義朝の側室になり、今若、乙若、そして牛若を産んだ。

平家を倒すことになる稀代の英雄牛若の生誕地は、訪れる人も少ない洛北の地にポツンと控え目に石碑が建てられた所だった。この人里離れた洛北の紫野の屋敷で、常磐御前は源頼朝との間に3人目となる子を産んだ。出産を控え、屋敷近くの常徳寺で安産と健やかな成長を祈ったという。だがその後数奇な運命を辿り、歴史に記されたこの親子の道行きは余りにも酷く悲しい。夫源義朝が、平治の乱でライバル清盛に敗れ、関東へ向かう途中、裏切りに遭い落命。常盤御前も三人の幼子を抱え、逃げ切れず平家に投降。清盛の側室になり、三人の幼子は助けられた。二年後、清盛の元を去り藤原長成に嫁いだ。時代の波に翻弄される中、自分の身を犠牲にして、我が子の成長と安寧をひたすら祈り続けた母。だがその三人の子は、冷酷な時代の渦に巻き込まれ、母以上に悲惨な運命を辿ることになってしまう。これを知った常盤御前の気持ちは、いかばかりだったろうか。

義經堂
鞍馬山
毘沙門天が
仁王立ち
永遠に務めん
王城鎮護
―鞍馬寺にて

義経堂

鞍馬山は鴨川の水源地。山々に降った雨水が清冽な流れとなり鴨川に注ぎ込み、生命の源となる水を供給してきた鞍馬山は、神々の住む信仰の山となった。古くは鑑真の高弟が鞍馬山に分け入り、鬼を退治した毘沙門天を祀った。

その後、京に都が遷され平安京となった頃、藤原氏によって千手観音が祀られ、鞍馬寺の起源となると、山全体が信仰対象の霊山になり、多くの僧や山伏が修行する一大道場となった。いっとき最澄や空也などが修行を重ねた。山の力強い霊力を体現する護法魔王尊も加わり、鞍馬寺の本尊になった。

こうして京の都を守る王城鎮護の寺になると多くの信仰を集め、中でも参詣した清少納言のエピソードは有名。鞍馬寺へ通ずる道は、短いようで急峻な坂道の為、なかなか辿り着かない。この坂道を清少納言は「近くて遠きもの、鞍馬の九十九折り」と評した。

そして鞍馬山が特に注目されるのは、若き牛若が入山してから。雌伏十年の時を過ごし、ひたすら武芸に励み、不世出の天才戦術家の誕生をもたらしたのは、ほかならぬ、この都の守り神、鞍馬山だった。

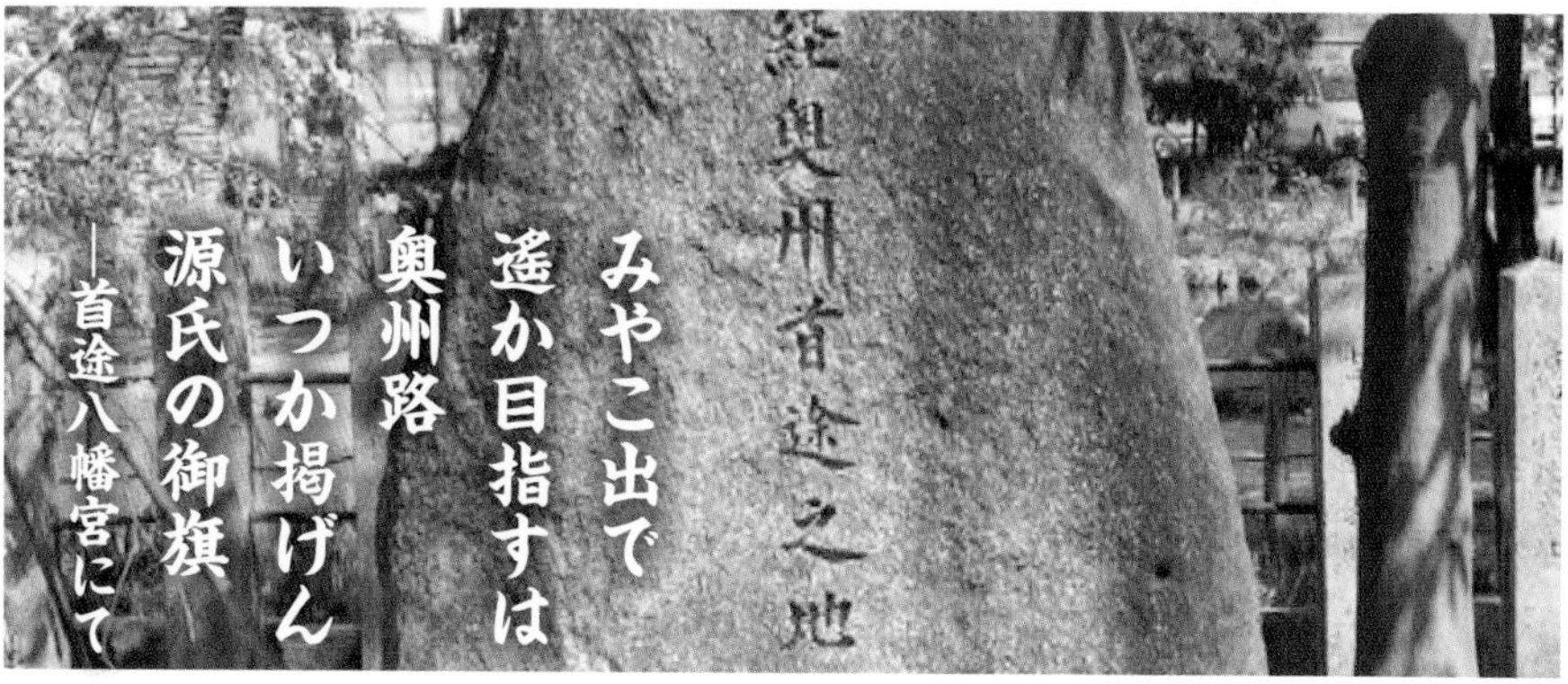
経奥州首途之地
みやこ出で
遥か目指すは
奥州路
いつか掲げん
源氏の御旗
―首途八幡宮にて

首途八幡宮

源氏直系の子として生まれた宿命を生涯背負い続けた義経。平家に敗れた父義朝は、非業の最期を遂げ、母常盤御前は、三人の子の命と引き換えに清盛の側室に。牛若は、七歳になると鞍馬寺に預けられ遮那王と名付けられた。だが成長するにつれ、仏の道を究めるどころか、源氏の棟梁の血を継ぐ宿命に目覚めていった。出家の道を断ち、平家を倒す為、鞍馬山の山野を駆けめぐり、荒法師と日夜武芸に励んだ。十六歳になると、後ろ盾となる奥州平泉の藤原秀衡を頼り、京の都を後にすることに。出発に当り、この首途八幡宮で、旅の無事と平家打倒を祈ったという。

牛若の奥州下りは、太政大臣になった清盛を排除する為、後白河上皇の打った布石とする説も。牛若の母、常盤御前を藤原長成に嫁がせたのは、奥州の藤原秀衡の正室の父藤原基成と従弟関係にあったからで、若き青年に成長した牛若を秀衡に預け、いずれ平家打倒の兵を挙げる時に備えさせたという見方もあながち否定できない。日本一の大天狗は、鞍馬山も支配していたのだろうか。

平家討ち
手にした誉れ
一夜夢
朝日まぼろし
義仲の寺
―大津義仲寺にて

大津義仲寺

源氏の武将は、何故か皆悲しい宿命を背負い、追われるように人生の舞台を駆け抜けていった。木曽義仲も、同じ源氏の一門義経に討たれ、非業の最期を迎える。かつて義仲の父源義賢は、実の兄義朝の妬みから殺害されてしまう。その時、二歳だった駒王丸（義仲）も殺されるはずだったが、不憫に思った畠山重能は秘かに助け、斉藤実盛に託した。その後、より安全な木曽の武将中原兼遠の許に預けられた。

駒王丸は、山深い木曽の地で、中原兼遠の子兼光、兼平と共に、のびのび育てられた。美しい木曽の山並みを眺め、二十五年間暮した後、以仁王の平家追討の令旨に呼応。いち早く挙兵し、平家の大軍を次々撃破。挙兵から三年後、破竹の勢いで遂に京に入った。平家を破った功績から朝日将軍と称賛され、得意の絶頂を迎えた。

しかし凋落も早く、京に入ってからは、後白河院の政治に翻弄され、今度は逆に追討される立場に追い込まれてしまう。

木曽の空
遥か彼方に
望み見て
共に眺めん
懐かしの月
―大津今井兼平
墓前にて

今井兼平墓前

京という都は百鬼夜行、権謀術数が渦巻く恐ろしい処。弱みを見せれば、たちまち蹴落とされてしまう。木曽の山中で、純朴に育った「政治音痴」の義仲には全く馴染まない異質の世界だったに違いない。平家を京都から追い出した英雄が一年も経たないうち、今度は逆賊として追討される羽目になってしまう。

義仲は頼朝が派遣した義経らの軍勢と激しい京都の攻防戦を展開。だが多勢に無勢、敗北が決定的になると、愛した巴御前は逃がし兄弟のように育った今井兼平を探し出すと、琵琶湖の粟津で共に最後の決戦を挑み壮絶な死を遂げ、三十一年の生涯を閉じる。

その後、尼となった巴御前が菩提を弔う為、この地に庵を結んだ。だが話はこれで終わらず更に物語の第二章を迎える。江戸の世になり、この地をこよなく愛する、まるで義仲の魂が呼び寄せたような偉人が現れる。

旅に病み
辿りし先は
木曽殿か
何を語らん
琵琶湖の畔
―義仲寺芭蕉墓前にて

義仲寺

俳聖松尾芭蕉が義仲を慰めるように、そばで眠っている。一途な義仲の生き様が、芭蕉の心の琴線に触れ、芭蕉は無名庵をこよなく愛し、琵琶湖の畔に何度も逗留した。「奥の細道」で奥州、越後、越前などを辿り、多くの名句を残したが、意外なことに義仲に関する俳句も詠んでいる。

芭蕉は、その昔加賀小松の多太神社付近で、源平の合戦があったことを知った。倶利伽羅峠の戦いで大敗した平家が体制を建て直し、この地で迎え撃ったが敗走。義仲軍は、討ち取った武将の首検分のため洗っていくと、何と髪の毛が真っ白な老武将の首が出て来た。運命のいたずらか、その武将は、義仲幼少の頃、父が殺された時、幼い義仲を匿い助けてくれた命の大恩人斉藤実盛だった。義仲は首にすがり詫びながら、人目も憚らず号泣したという。義仲は懇ろに弔い、大事な形見の兜を、この神社に奉納。芭蕉は、この逸話を聞いて「むざんやな兜の下のきりぎりす」の句を残した。そして義仲の墓が在る琵琶湖の畔無名庵を愛した芭蕉は、死後義仲の隣に埋葬するように遺言。弟子達によって、この地に埋葬された。

史跡
神泉苑

雨乞いの
舞いを捧げん
白拍子
見染し殿と
さだめの道ゆく
—神泉苑にて

神泉苑

二条城の南隣に在る神泉苑は、昔は広大な池で、皇室や宮中の神事が行われるほどの祈祷の聖地だった。天変地異や怨霊、祟りを鎮める為、御霊会も行われ、淳和天皇の時には、空海が雨乞いの祈祷を行ったことでも知られる。

時代が下って後白河院の時、美しい白拍子静御前が、ここ神泉苑で雨乞いの舞いを演じた。その姿を義経が見初め、神泉苑は二人が初めて出遭ったという歴史的な舞台となった。

その後二人は、周知の通り悲劇的な運命を辿ることに。災いを鎮める神泉苑でも、二人を守ることが出来なかった。それでも、ここで出会ったことに、静御前と義経の二人は、少しも悔いは無かったはずと信じたい。吉野で捕らわれて鎌倉に送られ鶴岡八幡宮で舞った時、この神泉苑で出逢ったことを思い、「しずやしずしずのおだまき繰り返し昔を今になすよしもがな」と仇敵頼朝の面前で歌い、偽らざる心情を隠さずぶつけた静御前。義経を思う静御前がやり遂げた一世一代の天晴れな振る舞いだった。

身代わりの
天晴れもののふ
義に殉じ
ふるさと遠く
都に眠る
―佐藤継信、忠信
兄弟の墓前にて

佐藤継信、忠信墓前

不世出の英雄、義経の人気は深い絆で結ばれ、幾多の困難を克服していく主従関係に有ると言っていい。そして悲劇的結末を迎えることに、多くの人は涙し「判官びいき」の心情を日本人のＤＮＡに組み込んでいった。

木曽義仲を倒し平家も滅ぼした功労者義経を、後白河法皇は過分に持ち上げ、使い勝手の良い北面の武士に手なずけようとした。まつりごとを武士の手から奪おうとする後白河法皇に義経が利用されていると感じた頼朝は、非情にも実の弟を抹殺するため、全国に探索の網の目を敷いた。落ち目となった義経を見限ったり裏切ることなく最後まで付き従った佐藤兄弟。主君のため楯となり命を投げ出した佐藤継信、忠信の墓は東山の片隅に人知れず残されている。

この墓は佐藤兄弟の子孫、山形県遊佐出身の佐藤政養が明治に建てたもの。政養は幕末勝海舟に学び、明治国家の近代化に欠かせない鉄道建設に尽力。「鉄道の父」と呼ばれる程、遠い祖先の佐藤兄弟の名に恥じない立派な偉業を歴史に印した。

落日の御所の勢い盛り返し御簾の奥から操る帝
——法住寺後白河天皇陵にて

法住寺陵

今様を生涯愛した後白河天皇。その成果は「梁塵秘抄」に結実。皇位に就き僅か三年で退位し、より自由な上皇となって、この地に屋敷を構え院政を敷いた。若き親王時代には既に出家が決まり、長年自由気ままに過ごしていた。その遊び心がまつりごとにも持ち込まれた。

父の鳥羽院は、崇徳上皇とその子を徹底して排除。崇徳天皇を強引に退位させ、三歳の幼い我が子を近衛天皇としたが十七歳で崩御。すると鳥羽院は、崇徳院の血統を避け、二十九歳になっていた雅仁親王を「繋ぎ」として即位させた。予想もしなかった帝位の座に就いた後白河天皇は独自のまつりごとを、まるで今様のように面白おかしく演じていった。そのため脇役清盛の武力を利用し、九歳上の実兄崇徳上皇を破り讃岐に流した。更には力を持ち過ぎ主役になりそうな清盛を排除する為、今度は源氏を利用。真っ先に京に進軍した義仲が邪魔になると頼朝を利用していく。

これを知った純朴な義仲は、さすがに怒り心頭、後白河院の邸を攻めたてた。脇役の逆襲である。それでも主役の後白河院は、難なく危機を脱してしまう。

六道の
地獄彷徨う
長楽寺
悲しみ流せ
平安の滝
―長楽寺にて

長楽寺

清盛の娘徳子は平家一門の期待を担って、六歳年下の高倉天皇に嫁ぎ、安徳天皇を産んだ。天皇の母となり建礼門院の号を賜ると、清盛の権力基盤は盤石なものに。

だが高倉天皇の心は、琴の名手小督にあった。父清盛と後白河上皇の軋轢が深まる中、日々悩み孤独な高倉天皇を慰めようと、小督を引き合わせたのは、ほかならぬ心優しい年上の建礼門院だった。では建礼門院自身の心安らぐときは有ったのだろうか。それは我が子安徳天皇の健やかな成長を見守り続けること、それが唯一の生き甲斐だったはず。だがそれも叶わず、平家打倒の源氏の勢いに都を追われ、一の谷、屋島で次々敗れ、遂に壇ノ浦でも敗れ、我が子も一門と共に海の藻屑に消えた。それを見届け、徳子も入水。

だが助け出された後、京に送られ、この東山の長楽寺で出家。出家の時、お布施が無かったので、我が子安徳天皇、形見の直衣を代りに納めたという。

大原の
木枯らし渡る
山間の
雪踏み入りぬ
寂光院
―寂光院にて

寂光院

寂光院の歴史は大変古く、聖徳太子が父用明天皇の菩提を弔う為に創建したのが始まり。その後、天台宗の尼寺となり今に至る。都から遠く離れ、山深い尼寺が脚光を浴びるのは、悲劇のヒロイン建礼門院徳子が、東山の長楽寺から移り住んだことによる。東山の麓に広がる長楽寺は、一門の栄華の夢の跡六波羅にも近く昔を思い出してしまうこと。また尼となった姿が、都の人々の好奇な目に晒されることなどから、この山深い大原寂光院に身を移したと言われる。

更には、突然大地震（一一八五年七月）が都を襲い、長楽寺も大きな被害を受けた為、大原へ移ったとも言われている。平家一門の華やかな時代を、身を以て体験した建礼門院は、モノトーンの墨染の姿に変え、誰一人訪れることも無い山奥で、日々を過ごした。そんな折、建礼門院に仕えていた右京太夫が訪れ、その粗末な暮らしぶりに驚き、次の歌を詠んだ。「仰ぎ見し昔の雲の上の月かかる深山の影ぞかなしき」。世の儚さが、雪のように冷たく降り注ぐ様こそ哀れ。

西国の
海に沈みし
我が御子の
面影偲ぶ
山間の月
―建礼門院留魂歌

建礼門院

都から遠く離れた山深い尼寺で暮らす建礼門院は、かつての御所暮らしの日々を思い出し「思いきや深山の奥に住まいして雲居の月をよそに見んとは」の歌を残した。

出家して一年経った頃、思わぬ客が突然訪問、驚きの再会を迎える。嫁いだ高倉天皇の父後白河法皇、その人の訪問だった。「平家物語」は長い物語の最後に「灌頂の巻」を設定、二人の涙ながらの再会を通して、人の世の儚さと恩讐を越えた和解を訴えたかったのだと思う。頼朝に日本一の大天狗と言わしめ、平家を滅ぼした、その張本人法皇を前に、建礼門院は一切恨み節を口にすることは無かった。尼となり仏の道を究めていた大原の日々、見つめる先は、もう法皇ではなかった。

我が子と平家一門の菩提をひたすら弔い続け、いよいよ最期を迎えようとした時、涅槃の境地に発するという寂光の光りが射し込むと、微かな笑みを浮かべながら西方浄土へ旅立った。それは往生を迎えようとした時、西方から湧き起った紫の雲に、何とあの懐かしい我が子安徳天皇が乗っており、きっと優しい母を迎えに来ていたのだと思う。その姿をみた徳子は、六道の苦しみからやっと解放され、寂光の光りの中、我が子に導かれ心安らかに旅立った。そして浄土の世界で、心置きなく我が子と安らかな時を過ごしているはず。建礼門院陵の前で、そう願わずにはいられない。

緑濃き
苔の絨毯
敷き清め
眩くおわす
阿弥陀三尊像
―大原三千院
往生極楽院にて

苔除けて
姿出でたる
阿弥陀さま
まんまる顔の
小僧となりて
―大原三千院
往生極楽院にて

振り仰ぎ
見いやる山も
紅く燃え
紅葉誇らし
神護寺の秋
―神護寺にて

天を突き
雪の重みに
耐えてなお
真っ直ぐ伸びる
北山の杉
―北山杉の里にて

夏の陽が
木立の間より
分け入りて
若葉眩しき
貴船のほとり
―貴船神社にて

貴船神社

貴船神社の在る貴船山は鞍馬山より高く、鬱蒼とした木々が生い茂り神秘の趣きに溢れ、また魔界の様な不可思議な雰囲気も漂う霊山。大地から「気」が湧き起るように、樹木が生い茂り、生気に溢れていることから「木生根」と呼ばれた。

「貴船」と称されるようになったのは、神武天皇の御代、天皇の母が黄船に乗り、聖なる水源を求め、難波の淀川から鴨川を遡り、水の湧き出すこの地に黄船を止め上陸し、祠を建てたことから「貴船」となったとの伝説が伝わる。

鞍馬山と同じ、京都盆地を潤す水源であり、平安京の人々の暮らしを支えたことから、水神が祀られ信仰を集めた。正にこの地は水の聖地であった。一方、清流貴船川は蛍の名所でも知られ、夏のひと時、神の使いのように乱舞し人々の心を癒した。平安時代第一の女歌人で、恋多きあの和泉式部も恋の病を癒す為、この地を訪れ「物思えば沢の蛍もわが身よりあくがれ出づるたまかとぞ見る」と詠んでいる。

文化財愛護
重要文化財
建仁寺
方丈
建立 室町時代
火気厳禁
HITACHI

建仁寺

京で、最初に出来た禅宗寺院の建仁寺。中国から帰った栄西が臨済宗を京に広めようと尽力。だが比叡山の反対で挫折したが、鎌倉幕府に働き掛け、許しを得てこの地に建立した。幕府公認となり、武士の間に普及していった。

更にもう一つ栄西の功績は中国から茶を持ち込み、普及させたこと。

天空に
昇りし龍が
神となり
下界に巣食う
邪気を鎮めん
——建仁寺にて

夢潰え
独り見つめる
吉野月
雲に隠れし
帝を偲ぶ
―天龍寺にて

天龍寺

頼朝が鎌倉に幕府を開き、武士が主導する社会となった鎌倉時代。公地公民の天皇、公家が所有する荘園を管理する番犬代わりだった武士が私有地を広げ、これを武力で支配し、更に奪い合う時代に変わった。

武士が統治する社会の仕組みを、平安の世のように天皇、公家中心のまつりごとに戻そうと決起し、最期まで抗ったのは史上後醍醐天皇をおいて他にいない。似た存在に後白河法皇がいるが、自ら率先して動いた後醍醐天皇の行動力、情熱、気魄には遥か遠く及ばない。鎌倉幕府を倒そうとしたが失敗。隠岐の島に流される。通常、話はここで終焉となるが討幕の決意固く島を脱出。全国に幕府打倒の檄を飛ばし続け遂に討幕を成し遂げた。そして世にいう建武の新政を始めるが、余りにも天皇に偏ったまつりごとは、多くの武士の不満を招き、その棟梁足利尊氏に京都を奪われてしまう。

すると吉野に逃れ、尊氏に抵抗し続け、崩御した後も北の京都を睨み付けたままの姿で埋葬された。その天皇陵が今も遥か京を望むように鎮座している。「不撓不屈」の言葉は、後醍醐天皇にこそ相応しく、安易に使ってはいけない。

吉野より
渡れる風か
紅葉舞い
池に浮かぶは
帝の涙
―天龍寺にて

天龍寺

高邁な後醍醐天皇の思想は、独善性が強すぎて、多くの武将には到底理解の及ぶものではなかった。武士は、天皇や公家に仕え、荘園や身辺警護の役割に徹し、まつりごとに口を挿むべきではないとする政治哲学。

天皇、公家による朝廷優位の「建武の新政」は時代錯誤か、はたまた時代の遥か先を見据えたものか。結局、天皇中心のまつりごとは朝令暮改の混乱を極め、論功行賞も一貫性を欠くものだった。恩賞に不満を持つ武将が次々離反し、武家政権を復活させようと足利尊氏を担ぎ出す動きを強めた。

混迷を深める建武の新政は利にならないと、多くの武将が離反していく中、それでも一途に奉公、忠勤に励んだ武将楠木正成を始め、新田義貞などの武将がいたこともまた事実。さらに多賀国府に結集した、奥州の結城氏、伊達氏、南部氏らは、建武の新政を支えた、いわば勤王方だった。

身を賭して
帝に届けん
民の声
心に浮かぶは
みちのくの空
―北畠顕家留魂歌

北畠顕家

後醍醐天皇の挙兵から最期まで変わらずに仕えたのは楠木氏。あとは形勢を見て有利な方に寝返った武将が多い。

そんな中で武士ではないが、武士以上の忠勤を一途に励んだ若き公卿がいた。北畠顕家である。建武の新政と共に奥州を抑える為、十六歳で多賀国府に赴任。異郷の地で奥州の武士団を束ね結集させるのに心血を注ぎ身命を賭した。

足利尊氏が離反し武力で京都を奪うと、顕家は後醍醐天皇の命で、尊氏討伐の兵を集め多賀国府を発った。途中、足利勢の軍を次々撃破し鎌倉を攻略すると破竹の進軍を続け、遂に京の攻防戦でも足利勢を破り、後醍醐天皇のまつりごとを支えた。尊氏は一旦九州まで落ち延びた後、大軍を率い京へ進軍。迎え撃つ楠木正成は和睦を進言したが公家たちに拒否され孤立無援の中、忠臣正成は湊川で覚悟の死を遂げる。奥州でも尊氏の勢力が強まり、拠点を伊達氏の領国霊山に移していた顕家に再び出陣の命が下った。

霊山を発った顕家軍は苦しい行軍を続け京に迫ったが、伊勢に活路を求め移動。奈良、河内で激戦を続け多勢に無勢となり十か月余りの大遠征の末、遂に壮絶な死を遂げた。

矢も尽きて
武運つたなく
敗れども
阿倍野に咲くは
りんどうの華
—阿部野神社にて

阿部野神社

若き公卿北畠顕家、花と散った二十一年の短い生涯だった。父は「神皇正統記」を著した北畠親房。この父から薫陶を受け育った顕家。高貴な家系だったが、宮中の朝廷で活躍するよりは、まつりごとの第一線に立ち、終生現場主義を貫いた。これは後醍醐天皇の子でありながら、討幕の先陣を務め、徹底して戦い抜いた大塔宮護良親王に似た生き方だった。建武の新政と同時に、遠隔地の多賀国府に赴任。陸奥守、鎮守府将軍、鎮守大将軍と官位を極め、後醍醐天皇の信任を得て、文字通り地方から支えた。そして特筆すべきは、地方の奥州から中央の京へ攻め上る、日本史上例のない大遠征を敢行したこと。

だが二度目の大遠征は苦しい進軍となり、京に入れず、伊勢、伊賀、奈良と苦戦を続け、最後は阿倍野の近くで覚悟の討死を遂げた。最後の戦いに臨み、後醍醐天皇に対し建武新政の問題を痛烈に批判した上奏文を遺書として送っている。地方で一途に命を懸け闘っている武将と争乱で苦しむ民の声を聴けと訴えた。

何と天晴れなことか。顕家の死を知った正室（日野資朝の娘）は出家し「亡き人の形見の野辺の草枕夢も昔の袖のしら露」と哀切の感極まる歌を、涙と共に墓前に献じた。

朝敵と
戦い敗れ
草の露
義の武士眠る
嵯峨、宝筐院
—宝筐院にて

宝筐院

嵯峨、清涼寺のそばに在る宝筐院は隠れた紅葉の名所。春の桜もまた美しい。元々白河天皇の勅願寺で善入寺と呼ばれ、以来代々親王が入る格式高い寺院だった。時代が下り、夢窓国師の高弟黙庵禅師が再興。この黙庵禅師に帰依する二人の武将がいた。

二人は敵同士だった。一人は、楠木正成の嫡男楠木正行。父正成は死を覚悟し湊川へ出陣する途中、桜井で我が子正行を地元へ帰した。自分亡き後、河内で兵を養い軍備を整えた後、朝敵を討ち滅ぼし後醍醐天皇の御恩に報いるよう命じた。父と涙を流し別れた十一歳の正行は、十一年後に挙兵。圧倒的に不利な中で、次々敵を撃破。驚いた尊氏は大軍を派遣。すると正行は、吉野の後醍醐天皇陵に詣で、別れの言葉を捧げ、最後の合戦の場、四条畷に出撃、壮絶な死を遂げた。六条河原に晒された首を、師の黙庵禅師が引き取り、この寺に埋葬、菩提を弔った。

二十二歳の正行が最後の戦いを前に、吉野に残した辞世「かえらじと兼ねて思えば梓弓なき数にいる名をぞとどむる」は、後世の武将高山右近の心を捉え右近は細川忠興に、この歌を形見に送っている。

楠の木に
武門の誉れ
仰ぎ見て
傍に侍るは
足利の殿
―宝篋院にて

黙庵禅師に帰依した、もう一人の武将は、楠木氏の仇敵足利義詮。何と隣りの墓に眠っている。

楠木正行と直接戦ったわけではなく、黙庵禅師から、その天晴れな生き様を聞いた義詮は、強い憧れを抱いたのかも知れない。死後、正行のそばに埋葬するよう遺言。まるで兄を慕う弟のように、すぐそばで、今眠っている。

父の尊氏は、離れた等持院に埋葬されており、等持院は足利将軍家の菩提寺となっていた。当時敵だった楠木正行の墓のそばに墓を造ること自体、大きな抵抗が有ったはず。何故それほど敵将の正行に惹かれたのだろうか。

それは、父尊氏と叔父直義の兄弟対立や家臣団の分裂抗争など、血みどろの修羅場を嫌ほど体験していた義詮。それに対し敵とはいえ楠木氏の終始変わらぬ一途で純粋な生き方に、武士の誠を感じ、心動かされた故か。四歳年下の義詮は、正行を兄と慕い、義詮の法号に因んで名付けられた宝篋院で共に眠っている。天に昇った二人は、下界を見て、何を思い、何を語り合っているのだろうか・・・。

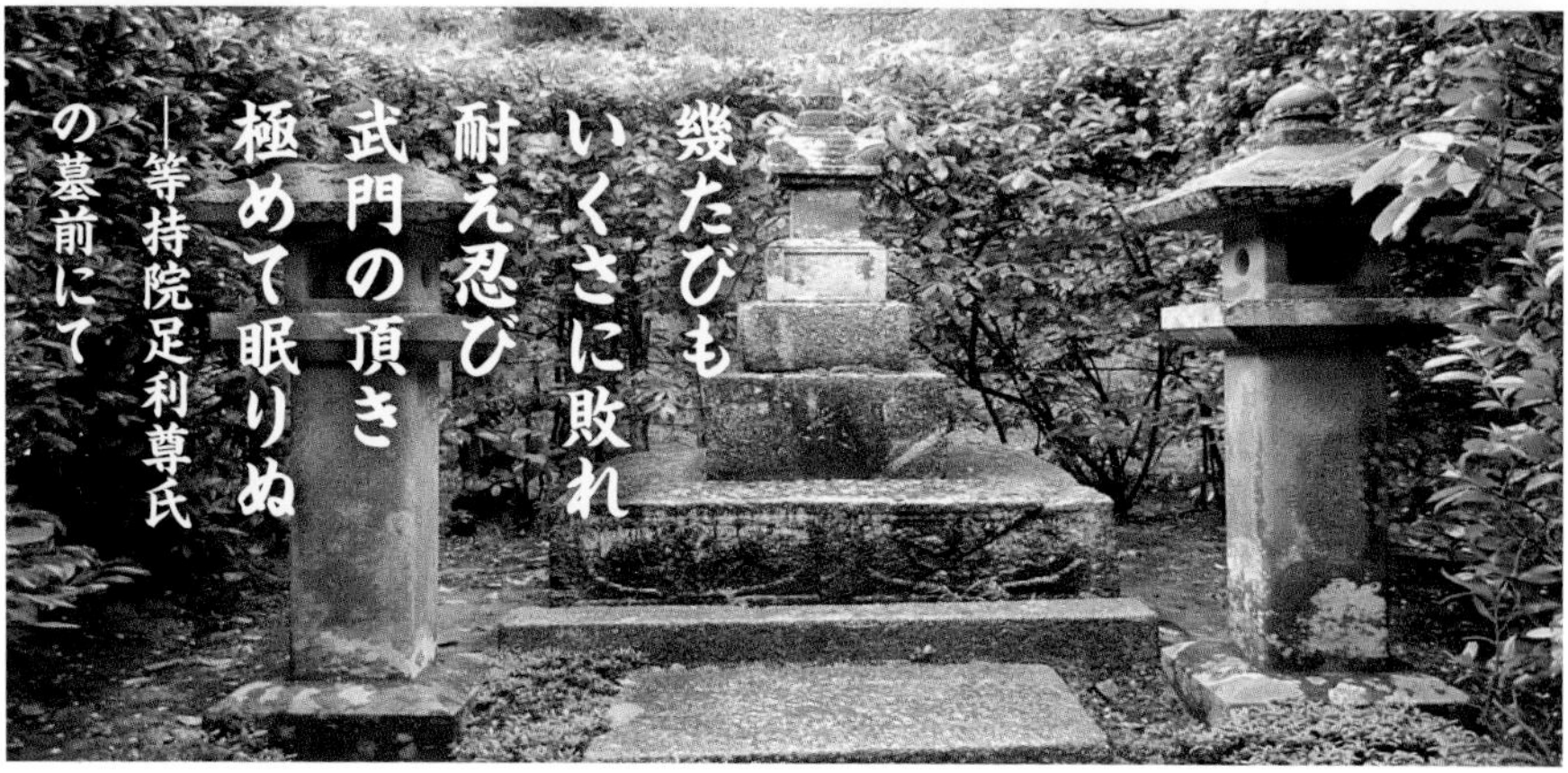
幾たびも
いくさに敗れ
耐え忍び
武門の頂き
極めて眠りぬ
―等持院足利尊氏
の墓前にて

等持院

ひっそり佇む等持院は足利将軍家の菩提寺。

室町幕府を開いた尊氏以下、歴代将軍の菩提寺なので、尊氏が後醍醐天皇の霊を鎮めるため建立した天龍寺のように広大な寺院と思ったら、その真逆。意外なほど小振りの寺院にびっくり。大将軍尊氏の墓も驚くほど質素で、人目に付きにくい。

尊氏の人柄そのものを体現した等持院。意外と控え目だった尊氏にとって、その生涯は苦渋に満ちたものだったのだろうか。元々足利氏は清和源氏の流れを汲む八幡太郎義家を祖とし、ライバル新田氏も同じ祖の一門だった。武将の源氏は、何故か同じ運命を辿り、親子、兄弟など肉親同士が血で血を洗う凄惨な争いを繰り返してきた。頼朝が弟の義経を殺したように、尊氏は力を持ち過ぎた弟の直義を毒殺してしまう。直義に多くの家臣団が従い内乱に発展していた為、禍根を断つため毒殺という非情な措置を選択。やむを得ぬ決断だったとはいえ、身を切られる辛い体験をした尊氏。苦悩に満ちた現世を逃れ、今は、せめて静かに眠らせてと、尊氏の質素な墓は、そう訴えているように見えてならない。

草深き
深山の麓
化野に
明かりが灯り
想い出照らす
―化野念仏寺にて

念仏寺

化野は小倉山の東北部の山麓一帯に広がる葬送の地。人生終焉の地だったため「無常の世」の象徴として古くから歌に詠まれている。同じ京の葬送の地、鳥辺野は火葬が中心。ここ化野は、土葬、風葬の場所だった。その昔、弘法大師は葬られた死者の菩提を弔う為、この地に五智如来寺を建立。その後、法然が念仏道場を開いてから念仏寺となった。境内一杯に広がる、おびただしい数の石塔は、室町時代前後のものが多く、戦乱か疫病か、多くの死者が出た当時の時代状況を哀しく伝えている。

毎年、八月の地蔵盆に千灯供養が行われている。数えきれない炎が一斉に揺らめく様は、思わず見とれるほど壮観で、また儚くて幻想的。それは古き先人たちが体験した、おびただしい悲しい出来事を、一つ一つ炎に映し出し、今生きる人全てに訴え問いかけているように見える。人の世は夢見るように過ぎてゆき、人の生き様もいっとき炎のように燃え上がり、あっという間に萎み消えていくのだと。人はどう生きていくべきか、美しく儚く揺れる炎は、私たちにそう問いかけている。

雨やみて
甍のしずく
煌めいて
往時の栄華
今に留めん
―大覚寺にて

大覚寺

嵯峨天皇は親王の頃、野辺の花咲く自然豊かな、この奥嵯峨の地を愛し別荘を建てた。兄平城天皇のあと即位したが、兄上皇の政治介入が続き頭を痛めていた。そして上皇が都を京から奈良に戻す動きを見せると遂に決断。坂上田村麻呂を派遣し、武力で兄の勢力を一掃した「薬子の乱」の後、独自のまつりごとを断行。中国風文化の導入や人材の登用を積極的に行い、書の達人空海も嵯峨天皇が抜擢し、またこの離宮で、空海が疫病退散の祈祷を行った。またそばには中国の洞庭湖を模した大沢池を造り、名月の景勝地とした。異母弟の淳和天皇に譲位すると、嵯峨上皇は離宮嵯峨院で、崩ずるまでの二十年間を過ごした。この離宮が後年「大覚寺」となるが、大覚寺に至る歴史悲話を知る人は少ない。

嵯峨上皇の娘正子内親王は淳和天皇の后になり恒貞親王を産む。淳和天皇の後、嵯峨上皇の第一皇子が仁明天皇になると恒貞親王は皇太子になったが後継争いに敗れ失脚、十六歳の若さで出家し恒寂と名乗った。不憫に思った母は、謀反の疑いを晴らすよう努力。我が子の為、嵯峨院を仏道の道場に変え、初代門跡に迎えたいと願え出て認められた。この「奏請文」を書いたのは、あの菅原道真だった。大覚寺は、年老いた母淳和太后が三十四年もかけて実現した我が子に対する人生最後の贈物だった。

野分たち
名古曽の瀧の
なみだ跡
秋風哀し
大沢の池
―大覚寺大沢池にて

大覚寺は、天皇になる望みを絶たれた恒貞親王と母の涙と努力の結晶として誕生した「救い」の寺院だった。初代門跡となった嵯峨天皇の孫恒寂は、この懐かしい邸内に第一歩を踏み入れ、大沢池を見た時、どんな思いがめぐったのだろうか。幼少の頃、祖父と舟遊びをした懐かしい記憶が万感の想いとなって甦り、目の前の風景は、溢れる涙で見えなかったのではと思う。

鎌倉時代になって八十八代天皇となった後嵯峨天皇は四歳の後深草天皇に譲位し大覚寺で院政を開始。今度は十歳になった別の子を亀山天皇にした。この無節操な皇位の決め方が、後に持明院統と大覚寺統に分れ争うきっかけとなり、更に皇位継承に介入する口実を鎌倉幕府に与えてしまう。その後亀山天皇の子後宇多天皇が上皇になり出家し大覚寺の門跡に。この後宇多天皇の子が、鎌倉幕府の介入を排除しようと決起する後醍醐天皇である。南北朝の争乱で大覚寺は焼失。のち再建され足利三代将軍義満の時、この大覚寺で南朝と北朝が統一された。だが和平の条件は守られず南朝方の反乱が起き、この争乱で大覚寺は衰退し、更に応仁の乱で全焼。江戸になって現在の伽藍に再建された。

金閣の
至上の輝き
雨に映え
義満誇らし
鹿苑の寺
―北山鹿苑寺にて

鹿苑寺

雨に洗われた金閣寺は殊更美しい。まるで極楽浄土の世界を見るかのよう。この金閣寺を造った義満は、武士の身分を超えて天皇家に近づこうとした稀代の野心家だった。父義詮の後を受け、十一歳で将軍に就いたが、政治は後見人細川頼之が執り仕切った。すると細川氏の専横に多くの守護大名が反発。満を持し、二十二歳になった義満は頼之を罷免。実権を握ると、花の御所、相国寺と次々造営していった。

更に北朝と南朝を統一。最大の政治課題を解決。仕上げに有力守護の山名氏や大内氏を失脚させ、権力基盤を安定させると、将軍職を義持に譲り自分は太政大臣に就任。正室康子が天皇の母に当たる准母の称号を得ると義満は、豪華絢爛、まるで御所のような北山殿を造営。後小松天皇を招き盛大な祝宴を開き、天皇家に接近していった。遂に側室の子義嗣を天皇の猶子にすることに成功。義満は天皇の父になる夢を膨らませたが世は無常、間もなく病没。天皇家に近づく野心は夢と消えた。

四代将軍義持は遺言通り禅の寺院に改造。壮大な北山殿を殆んど取り壊し、舎利殿だけ残し父の法号を取って鹿苑寺とした。父を否定し、武士の世界に戻した。

月出でて
銀閣照らす
春の夜に
白砂に映る
義政の影
―東山慈照寺にて

慈照寺

歴代足利将軍の中で、三代義満と八代義政は、光と影の好対照をなす。義満は権力基盤を盤石にし、公家の最上位の官位はおろか、天皇家に並ぼうとし、北山殿に紫宸殿を造り住んだ。また金閣に代表される北山文化を興し、世阿弥の才能を見出し、猿楽能を能芸術に発展させた。

以後の将軍は次第に輝きを失ない、四代将軍義持は父義満の政治を悉く否定。五代義量は十九歳で亡くなり、次期将軍を義持の遺言で、何と弟の中から「くじ」で決めた。当選した義教は稀代の悪将軍となり、世阿弥を佐渡に流したり、守護大名の家督相続にも干渉。反発した赤松氏に暗殺されてしまう。七代将軍に九歳の義勝が就いたが、翌年病没。空位が続いた後、義政が八代将軍に就任。

父義教は家臣に暗殺されており、政治の怖さを身に染みて感じていた義政は、初めから政治に腰が引けていた。弟義視を将軍の後継とした途端、正室日野富子に義尚が生まれ、これが後継争いを招き「応仁の乱」が勃発。乱が収まると義政は東山の浄土寺跡地に、終の住み家となる山荘を建設。銀閣寺である。持仏堂（東求堂）は日本家屋の基本となる書院造で、室内に茶室の原型となる空間を配置。東山文化という遺産を残した義政は、歴史に残る稀代の芸術家だった。

史跡 船岡山

討たれても
是非に及ばず
信長の
敦盛ひびく
船岡の森
―船岡山建勲神社にて

建勲神社

平安京の東西南北の守り神のうち、北の守り神玄武に見立てられたのが、この船岡山。平安王朝の頃、正月に山頂から周囲を望むと、陰陽の精気が体に取り込まれ、邪気が消えるという信仰が普及。

賑わいの場であった船岡山も、その後、天皇、貴族の火葬や埋葬が周りで行われたり、平安の末には処刑場ともなった。保元の乱で敗れた源為義とその子五名が、為義の嫡男義朝によって処刑されたのも、この地。

応仁の乱の時には、山名宗全が山城を築き西陣の砦となった。戦乱が長引き荒廃した都を改造したのは、天下人となった豊臣秀吉。天下布武の途中で、夢破れた主君信長の御恩に報いる為、秀吉は山頂に廟を建て、都の守り神とした。

明治になって信長を祭神とする建勲神社が建てられ、以来ずっと古都を静かに見守り続けている。

人生の最期に、「敦盛」を唄い舞って、生涯を終えた信長。その潔い姿を称えるかのように、桜の花びらが、はらはらと社殿の舞台を包み込むように舞っている。

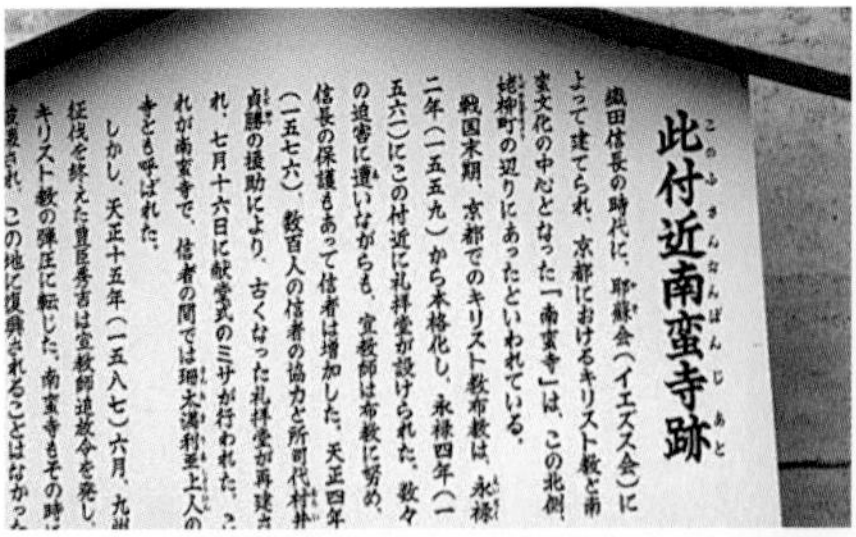
此付近南蛮寺跡《このふきんなんばんじあと》
織田信長の時代に、耶蘇会（イエズス会）に
よって建てられ、京都におけるキリスト教と南
蛮文化の中心となった「南蛮寺」は、この北側、
姥柳町の辺りにあったといわれている。
戦国末期、京都でのキリスト教布教は、永禄
二年（一五五九）から本格化し、永禄四年（一
五六一）にこの付近に礼拝堂が設けられた。数々
の迫害に遭いながらも、宣教師は布教に努め、
信長の保護もあって信者は増加した。天正四年
（一五七六）、数百人の信者の協力と所司代村井
貞勝の援助により、古くなった礼拝堂が再建さ
れ、七月十六日に献堂式のミサが行われた。
れが南蛮寺で、信者の間では珊太満利亜上人の
寺とも呼ばれた。
しかし、天正十五年（一五八七）六月、九州
征伐を終えた豊臣秀吉は宣教師追放令を発し、
キリスト教の弾圧に転じた。南蛮寺もその時
破壊され、この地に復興されることはなかっ

南蛮の遠き国より伝わりしクルスの光り遍く照らす

——南蛮寺跡にて

珊太満利亜（サンタマリア）

仏教の大小寺院がひしめき合う京の都で、異教徒キリシタンの活動が認められ、その拠点となる教会が建てられたのは、まさに歴史上の奇跡。天下布武に異を唱え抵抗を続けた仏教界を力でねじ伏せた時代の寵児信長。瞬く間に歴史の表舞台に駆け上り、新しい時代を切り開いた信長、この革命児信長なくして教会は京に建たなかったはず。

だが遥か彼方の南蛮から来た「イエズス会」の教えを信長は本当に信じたのだろうか。それとも仏教界への対抗勢力として利用する為に、布教を認めたのだろうか。ともあれ信長が全く異質な南蛮人の言動に興味を示し、日本以外の世界を受け入れたことは新しい歴史の扉を開け、時代が大きく動くきっかけとなった。

事実南蛮渡来の文化、科学技術は戦国乱世の世に衝撃を与えた。イエズス会の教会は当時、珊太満利亜上人の寺と呼ばれ、最先端の情報発信地であった。

だが今は、街なかの喧騒に取り残されたような小さな看板に、唯一その名残りを留めるだけで、かつてのまばゆい足跡を偲ぶものは何も残っていない。

高槻の
古き城跡
褪せもせず
天に届かん
右近の祈り
―高槻城跡にて

高槻城跡

高山右近の父高山飛騨守は松永久秀に仕えていた時、仏教徒と切支丹の論争を経験。一途に神を信じ飾らない無私な姿に衝撃を受け迷わず洗礼を受け、子の右近も若くして洗礼を受けた。

その後主君を和田氏、荒木氏と変えながらも二十一歳で摂津高槻城主になった右近はキリスト教の布教に尽力。実に領民の七割が切支丹になったと言われる。右近は、荒木村重に仕えている時、利休の茶を勧められ、以後利休の高弟、古田織部、細川忠興、蒲生氏郷らと肩を並べるまで、茶の湯を究めた。

信長亡き後、天下分け目の山崎の戦いには真っ先に秀吉軍に加わり先陣を務めた。その後領地が明石に移り、島津氏討伐の九州遠征に参陣。ところが島津氏を降伏させた秀吉は長崎を支配する切支丹の姿に驚き、突然禁教令を布告。切支丹大名に棄教を迫ったが、右近は信仰を捨てず、名誉ある大名の地位を捨てた。浪人となった右近は、小西行長の保護を経た後、前田利家の客将となり加賀藩領内で布教に励み、実に二十六年間もの長い歳月を前田家の下で過ごした。

パライソの
あるじのもとへ
漕ぎ出すは
遠きルソンの
帰らじの旅
—高山右近留魂歌

高山右近

浪人となった右近は、同じ切支丹大名小西行長の支援を受け、九州能古島、淡路島、小豆島、備中、九州宇土、加津佐と各地を転々とした。だが行長の支援も自ずと限界があった。

この窮地を救ったのは前田利家。右近のひたむきな人柄、優れた築城技術、利休直伝の茶の湯などを高く評価し、右近を金沢に迎えた。右近は、前田家の客将として小田原征伐にも参加。そして能登に知行地を得て、加賀藩領内でキリスト教の布教に努めながら、天下の行方を見つめていた。

秀吉と利家亡き後、天下人となった家康は、切支丹を禁止。右近は前田家に迷惑が掛からぬよう、自ら進んで国外追放の処分を受けた。雪降る中、想い出多い金沢を離れ、長崎からルソンに渡り、間もなくして六十三歳の生涯を閉じ帰天。日本を離れる直前、右近は盟友細川忠興に最後の手紙を形見として送った。それは昔、死を覚悟して出陣した楠木正行の辞世で、二度と日本に戻らない覚悟を伝えた。この時代、これ程ひたむきで純粋な生き方をした日本人が居たことを誇りに思いたい。

玉姫の
嫁ぎしお城
よとせ経ち
謀反の父が
籠もりし砦
—長岡 勝竜寺城にて

勝竜寺城

明智光秀の三女玉姫が十二歳になった時、明智家と細川家の絆を深める為、主君信長によって細川忠興との婚儀が決められた。十六歳になると輿入れし、細川氏の居城勝竜寺城に入り、幸せな新婚生活を送った。二年後加増され丹後十二万石の宮津城に移り、ここでも何不自由無い暮しが続いていた。

だが二年後に、驚天動地の大事件が勃発。何と父光秀が主君を裏切り、本能寺で信長を討ち取るという天下の一大事、謀反事件が起きてしまった。

すると直ちに秀吉が中国の毛利攻めから引き返し、いち早く山崎に陣を敷いた。遅れを取った光秀が迎え討つ「砦」としたのは、あの勝竜寺城だった。何という運命のいたずらか。娘が新婚の幸せな日々を送り思い出深い城が、今度は父の最期を迎える悲しみの舞台となった。逆臣、謀反人の父光秀に味方する武将は少なく、頼みの細川家も秀吉側についた。山崎の戦さに敗れた光秀は、この城から落ち延びる途中、落命。玉姫は、終生、謀反人の娘という重い十字架を背負って生きることになってしまった。

高桐の
かえで葉紅き
その陰で
クルスと眠る
気高きガラシャ
―大徳寺高桐院にて

大徳寺高桐院

楓の木々が美しく気品に満ちた高桐院は、細川忠興が父幽斉の菩提を弔うため建立。師の利休邸を一部移築し、北野天満宮の大茶会で使われた茶室も残る。更に利休愛用の石燈篭を正室ガラシャ（神の恵み）夫人の墓とした。悲劇のヒロインガラシャは、父の謀反のあと丹後の山奥に二年間幽閉の後、許され大坂の細川邸に入った。だが外出は一切許されず軟禁状態に近い暮らしを強いられた。せめて魂の解放、心の自由を求め、侍女清原マリアから洗礼を受け、切支丹になった。そして関ヶ原の戦いを目前にし、大坂方の人質になることを拒否し、家臣の手で命を絶った。何故、急ぐように命を絶ったのだろうか。

敵の手に陥ることを、武門の妻の恥としたためだろうか。否、決してそうではないと思う。ガラシャは琵琶湖の畔、あの懐かしい坂本城で、両親、兄弟姉妹と心豊かに暮らし、安らぎに充ちていた世界に戻ろうとしたのではないだろうか。

京都に来る度、必ず訪れる高桐院。ガラシャ夫人の墓石を見て、辞世の歌「散りぬべき時知りてこそ世の中の花も花なれ人も人なれ」を想い起す度、そう思えてならない。

ガラシャの想いは一族安住の地坂本を遥か望み、そして御魂は両親の眠る地へ、帰っていったのではないだろうか。

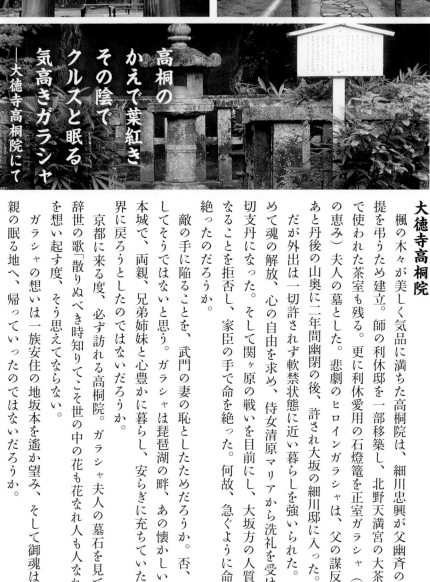

明智光秀公と一族の菩提寺

坂本の
哀しみ深き
一族が
琵琶湖に集い
共に眠りぬ
―坂本西教寺にて

西教寺

稀代の謀反人という悪名を歴史に印した明智光秀。だが正室に関する記録は少なく、余り語られていない。あの謀反から約百年経った頃、意外にも松尾芭蕉によって、若き頃の光秀と正室の物語が俳句に詠まれ、心揺さぶる感動のエピソードが世に知られることになった。

生涯側室を持たなかった稀有な武将光秀。正室は、妻木広忠の娘熙（ひろ）子で、評判となる程、美貌の持主だった。だが不幸なことに輿入れの直前疱瘡に罹り、顔などに痣が残ってしまう。もう婚礼は無理と判断。代わりに自分の妹を差し向けると、光秀は約束通り本人を妻に迎えたいと、妹を送り返してきたという。

律儀で男気のある光秀と熙子は固く結ばれ、斉藤道三に仕え、順調な生活を送っていた。ところが道三が嫡男に攻め滅ぼされ、明智城も攻撃を受け落城。光秀は、美濃から越前へ落ち延び、流浪の旅を続けた。この間、共に苦労を分かち合い、朝倉氏、信長と仕官先を変えながら、最愛の三男四女の子をもうけた。

艶やかな
黒髪切りて
もてなすは
芭蕉讃えし
光秀の妻
―坂本西教寺にて

父、斉藤道三の拠城を攻め落とした義龍は次に明智城を攻めた。光秀は落城前に知人を頼り、越前に逃れることになった。二人目の子を宿し、幼子を連れた熙子は、とうとう山中で動けなくなり、自分を置いて先を急ぐよう訴えた。すると光秀は大きなお腹を空に向け、背中合わせに妻を背負うと、峠を登り切り、やっとの思いで越前朝倉氏の領内に入った。その様子を見た村の人々が宿を提供。その村で無事出産した後、朝倉氏の家臣になることが出来た。

やがて親しい連歌仲間もでき、その仲間をもてなす順番になった光秀は、俸禄も少ない身分だった為、余分なお金も無く困り果てていた。すると熙子は内密に美しい黒髪をバッサリ切り、黒髪を売ったお金で、立派な膳を用意し、大事な客をもてなしたという。この話を越前の村人から聞いた芭蕉は感激。

更に朝倉氏が信長に滅ぼされる前、光秀は世話になった村人を事前に救い出していることも知ると、芭蕉は感涙にむせんだという。芭蕉は「月さびよ　明智が妻の話せん」の俳句を残し、稀代の謀反人、光秀の意外な一面と熙子の献身的な行いを世に伝えた。

太閤のお触れで集う大茶会 秀吉飲み干す天下の水を
―北野天満宮にて

北野天満宮

九州の猛将島津氏を力でねじ伏せた秀吉は得意満面、大判振る舞いの大茶会を北野天満宮、北野の森で開いた。名も無い農民から成り上がった秀吉。天下人に近づけば近づく程、身分コンプレックスに苛まれた。時の天皇と朝廷に対し、まめに働きかけ、従五位から従三位、従二位、関白と登りつめ、そして関白に相応しい邸宅聚楽第を、御所の近い処に建てた。

北野の大茶会を演出したのは側近中の側近の利休。高価な中国渡来の茶器を避け、日常どこにでもある素材から茶道具を創り出し、そこに普遍の価値を求めた。聚楽第の土で長次郎に創らせた楽焼茶碗は、利休ブランドの象徴となった。

一方、全国の金、銀を掻き集め豪壮華麗な建物を次々建設、世にいう安土桃山文化の華を開かせた秀吉。同床異夢の秀吉と利休。価値観が異なり対極にある二人。小田原北条氏を滅ぼし、名実ともに天下人になった途端、ついに秀吉は、目の前にいる価値観の異なる利休の存在を許せなくなった。天下人は一人だけでよいと思い始めた。

金毛閣

金毛閣

雪の中
静かにときが
降り積り
死に出の茶たて
命断つ利休
―不審庵にて

不審庵

天下人の側近、利休が追放され切腹となる、まさかの大事件が起きた。大徳寺金毛閣の二階に在った利休像が曳きずり出され、利休屋敷の近くに在る一条戻り橋に、利休の首と一緒に晒された。表向きのことは、秀吉の弟秀長が、内々のことは、利休が取り仕切っていた。この側近二頭体制に不満を持った石田三成ほか奉行衆が数々の罪状を捏造、目障りな利休を失脚させたとされている。

元々、堺で魚を扱う納屋衆で、魚問屋の家に生まれた利休。裕福な商家ではなかった為、高価な唐物の茶器は手が届かなかった。そこで利休は、高価な茶道具で茶の湯を楽しむ大名中心の茶の湯を一変。身の回りにある、ごくありふれたものを活用し、分け隔てなく誰でも楽しめる新しいスタイルの茶の湯を創造。更に茶室も「二畳だけ」という斬新な空間を考案。豪華絢爛さを求める秀吉とは真逆の〝わび、さび〟の極致を極め、天下人も及ばない真の芸術世界を創り上げた。それを感じ取った秀吉は、高みに登りつめた利休の存在自体疎ましくなり、数々の罪状を並べ立て亡き者にした。秀吉の命で、上杉景勝の軍勢三千名が屋敷を取り囲み、不審庵での切腹を強行したという。

更に常軌を逸した秀吉は、天下人である力を誇示するように大陸中国へ目を向け、朝鮮出兵に乗り出すことに。利休は、出兵にも反対の立場だった。

何故と問う
儚き夢が
朽ちる時
神のいたずら
聚楽の宴
―瑞泉寺にて

瑞泉寺

関白秀次の母は、秀吉の実姉「とも」。秀吉が出世する前、農民の三好吉房に嫁ぎ、秀次、秀勝、秀保を産んだ。秀吉が出世すると、夫も子も取り立てられ、夢のような大名暮らしが始まった。子の無かった秀吉に秀次、秀勝が養子に入り、秀保も秀吉の弟秀長の養子になった。

天下人に登りつめた関白秀吉は、十六人目の側室淀殿が産んだ鶴松が早世すると、秀次に関白職と聚楽第を譲り、隠居のため伏見城に移った。ところが秀頼が生まれると、心は一変。関白秀次の存在が疎ましくなっていった。太閤の冷めた視線を感じた秀次は、不安の余り酒に溺れたり、投げやりな言動が増えていった。

関白になって四年も経たない秀次は、全く身に覚えのない謀反の罪をきせられ、高野山に追放の上、切腹となった。我が子を殺された太閤の姉は、どんな思いでこの信じられない悲劇を受け入れたのだろうか。秀次切腹の一年後、出家し瑞竜院日秀と号し菩提を弔った。太閤は、秀次の首を晒し、あろうことか女、子供まで一族全て処刑し、三条河原の穴に埋めてしまう。暴君太閤の暴挙を止める者は、もう誰もいなかった。のちに処刑を記録した塚を見つけた角倉了似が、この寺に埋葬し、秀次一族の菩提を弔った。

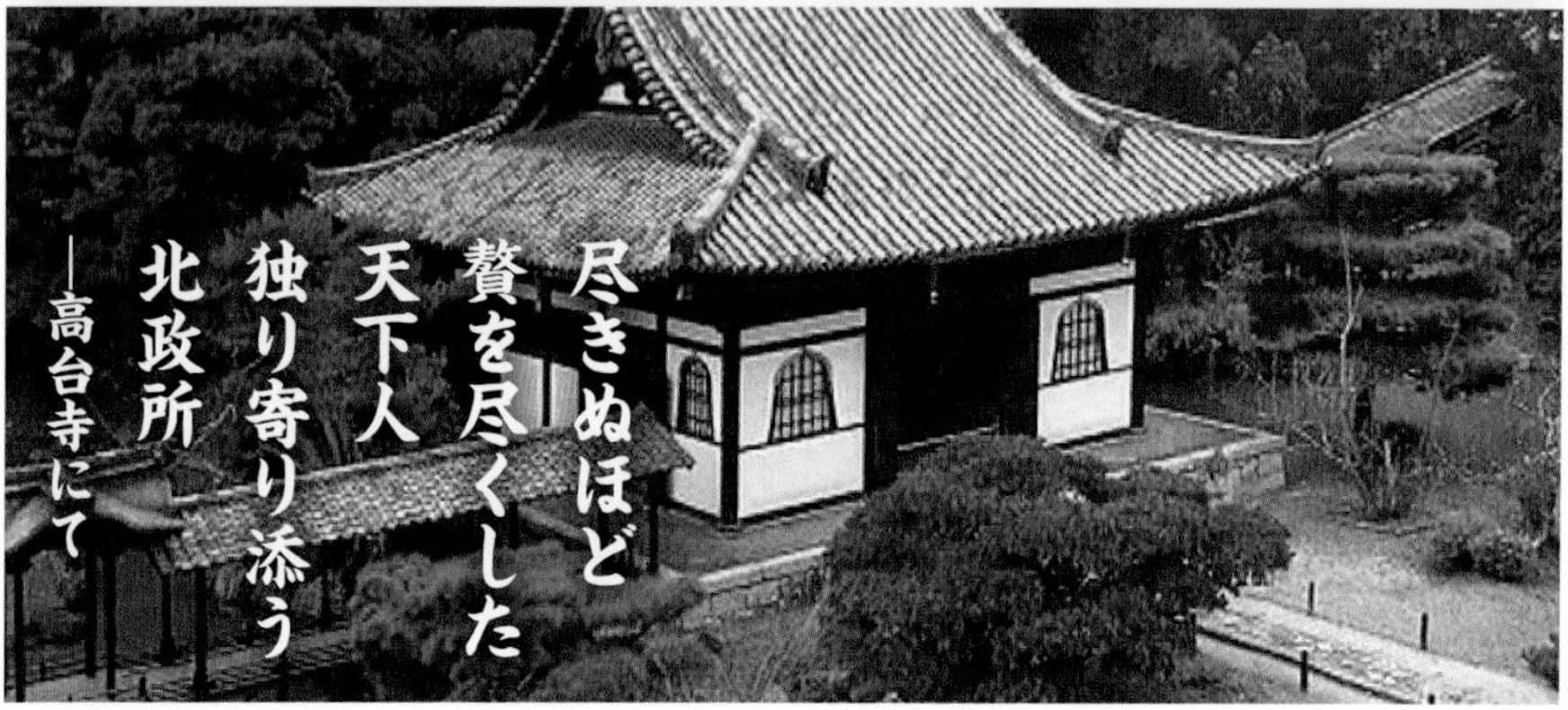
尽きぬほど
贅を尽くした
天下人
独り寄り添う
北政所
―高台寺にて

高台寺

畳も無い粗末な足軽長屋から始まった藤吉郎とおねの慎ましい新婚生活。それが、持ち前の機転と行動力で、数々の試練を乗り越え、夢のようなサクセスストーリーを実現させた。

その最大の功労者は、陰で支えた正室のおね。太閤秀吉が亡くなると、夫の眠る京に移り住み、そばで菩提を弔った。胸に去来するのは、苦労を共にした夫を看取った時の悲しみ。そして一代で築き上げた「豊臣家」の栄光と滅亡を目の当たりにした苦しみと嘆き。更に何よりも、苦労を分かち合った夫が、手の届かない天下人になってしまったことによるおねの孤独の始まりなど、次々去来したはず。

そして兄の子木下勝俊や小早川秀秋らが東軍、西軍に分れ戦った関ヶ原の後、共に悲惨な運命を辿ってしまう悲劇も体験。

生き地獄、六道のような世の中を見届けた後、忘れ難い想い出を一つ一つ指折り数え、立身出世の夢を追い求めていた若き頃を懐かしむように、七十六歳で旅立った。北政所は、この高台寺で、天下人を支え続けた孤高の姿を褪せることなく今に伝えている。

史跡
関ヶ原古戦場

三玄院

天下かけ
戦い挑み
破れども
無私の三成
黙して語らず
―大徳寺三玄院にて

大徳寺三玄院

ここ大徳寺三玄院で、石田三成の母の葬儀が行われ、その後、関ヶ原の戦いで敗れ処刑された三成もここに埋葬された。三成は、腹黒い策謀家として語られることが多く、利休や関白秀次の失脚は、全て三成が仕組んだ陰謀とされている。一方、戦場で白黒決着をつける加藤清正ら武断派からは肌が合わず毛嫌いされていた。

関ヶ原では、三成の人望の無さから裏切りが相次ぎ、敗れたのは自業自得。こうした三成悪人説の見方は、徳川方にとって、誠に都合が良かった。だが最近明らかになった史実は、これまでの見方と全く異なり、三成は、利休の娘婿と特に親しい関係にあり、また正室の父は秀長の家臣で、仲人親を務めたのも秀長だった。つまり三成は、利休や秀長と対立関係には無く、むしろ近い関係にあった。更に三成の次女広岳院は北政所に仕え、三女辰姫は養子になっており、淀殿よりは北政所と密な関係にあった。

朝鮮出兵には、利休や秀長と共に反対の立場を取っていた三成は、側近から外されており、現に利休の追放は三成を不在にして進められた。小田原討伐の後、三成は、奥州仕置きで没収した大崎、葛西領の検地を命じられたり、大崎、葛西氏の旧家臣が反乱を起こすと直ちに出兵が命じられ、京、大坂を不在にしていた。

一途ゆえ
時流を敵に
抗うは
ふたごころ無き
武士の生き様
―石田三成留魂歌

石田三成

伊達政宗が影の黒幕と言われた大崎、葛西氏の旧家臣による反乱が鎮圧され、この処理を済ませた三成は、休む間もなく朝鮮出兵の為、前進基地の建設を命じられ、九州へ向かった。

利休と秀吉の不仲は、小田原で起こった利休のかつての弟子山上宗二の処刑が発端。処刑に強く反対した利休は、京へ戻ると堺へ追放され、のち京で切腹となった。

関白秀次の失脚も、淀殿と仕組んだ三成の「たくらみ」とされているが史実は真逆。三成の次女光岳院は、おねに仕えた後、上杉景勝の家臣岡重政に輿入れ。三女辰姫は九歳の時養女となり、関ヶ原から十年後、おねの働きで弘前藩主津軽信枚の正室になっている。更に三成の盟友大谷吉継の母は、北政所の側近で、三成や吉継は、淀殿より、極めて北政所に近い。

関白秀次の処分は三成不在中に進められ、事実三成は、朝鮮での和平交渉後は九州の検地で忙しかったが、秀次の側近前野但馬守と連絡を取り合い打開策を協議していた。だが結局秀次の処刑が強行された。すると三成は、秀次の娘を秘かに匿い真田幸村に預け、秀次の家臣の多くを引き取った。

情に篤く無私に徹した三成の高潔な人間性と領国経営の手腕を、秘かに評価していたのは、皮肉なことに家康だったかも知れない。家康は、三成の子を一人も殺さなかった。

元忠の
自刃せし跡
血天井
江姫祈る
養源の院
—養源院にて

養源院

養源院は、秀吉の側室となった淀殿によって亡き父浅井長政の菩提を弔うため建立された。だが間もなく火災に遭い焼失。その後、大坂夏の陣で豊臣家が滅び、徳川の天下が揺るぎのないものになった頃、二代将軍秀忠の正室お江が、姉の淀殿の遺志を継ぎ再興した。

ただ徳川将軍家に最後まで刃向った淀殿が建てた寺院だったので、妹のお江は、姉の気配を一掃しなければならなかった。その為、大坂方に攻撃され、籠城した鳥居元忠ら全員討ち死にした伏見城の遺構を移築。鳥居元忠らが切腹し血に染まった廊下を移築し天井にした。

お江は、戦国乱世に翻弄され、両親、姉を失った。代りに得たものは一体何だったのだろうか。秀吉の政略結婚に利用され、三度目の結婚で徳川将軍家に嫁ぎ、天下人の正室の座に就いた。だが戦場で戦う戦国乱世の代わりに、今度は大奥を舞台とした女の戦さ場で、跡目争いの乱世に巻き込まれてしまう。

安居神社

戦いの
神か鬼神か
つわものの
見果てぬ夢を
語りし社
―安居神社にて

安居神社

名立たる戦国武将の中で、一、二の人気を誇る真田幸村。生涯に渡り命を懸け戦った相手が大御所という大きな存在の家康。大坂夏の陣での捨て身の突撃は、一時本陣の家康も死を覚悟し、驚き慌てふためくほどだった。ほとんど勝ち目のない大坂に付いて獅子奮迅の働きを演じ、家康に一矢報いた。

存分に戦った後、天王寺安居神社で覚悟の討ち死を迎えた。勝ち馬に乗らず豊臣家に殉じた幸村は、真のもののふ。その天晴れな生き様に、多くの人は拍手喝采。真田十勇士の伝説まで生まれた。

非業の最期を遂げた義経の「判官びいき」ではなく、幸村の生き様は、おのれの美学を貫き、やり切ったという充実、満足感に溢れ、最後の戦国武将の天晴れな生き様に、誰しも爽快感を感じてしまう。

だが幸村の生き様は、痛快活劇の物語だけで終わらない。真田家を残そうと徳川陣営に兄信之を付かせた策士家父昌幸の遺伝子を受け継ぐ幸村もしたたかだった。自分の美学には嫡男大助だけ付き合わせ、大阪城で自害させたが、他の子は生き残る道を戦いながら画策。幸村の子孫は、今も生き残る。

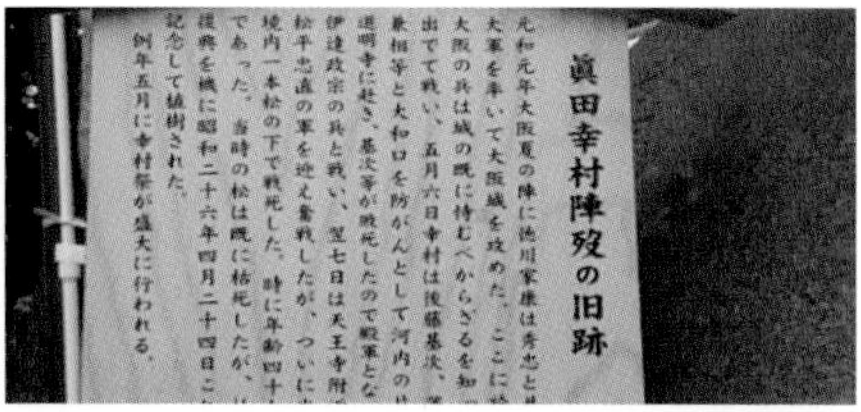

家康の本陣突いて破れども真田名高き家紋を残す
――竜安寺真田幸村墓所にて

竜安寺

幸村は大谷吉継の娘を正室に迎え、二人の男子大助、大八と三人の娘をもうけ、また二人の家臣の娘を夫々側室に迎え、三人の女子をもうけた。

最後に三成から託された関白秀次の娘隆清院を側室に迎え、一男一女をもうけている。大坂夏の陣で、長男大助だけが、父と運命を共にしたが、他の子、特に三歳の次男大八は見つかれば秀頼の子国松や長曾我部盛親の子のように処刑される恐れもあった。

幸村は、最後の戦いを目前にして大八と三人の娘を、何と敵将伊達政宗に託した。政宗は幸村の子を預かると、この事実をひた隠しにしていた。だが、したたかな家康、政宗が引き取ったことを十分知りながら黙認していたのかも知れない。「日本一のつわもの」と称賛された幸村の天晴れな戦いぶりに免じ、家康は遺族の一人も殺さなかった。大坂城から九度山に逃れた正室と三人の娘を許し、幸村の妹の夫滝川氏に預けている。また元犬山城主石川氏に嫁いだおかねは、竜安寺の境内に在る大珠院に、父幸村の墓を建て菩提を弔った。これまで竜安寺には何度も来ていたが、境内の一画に、幸村の墓が在ることを最近初めて知った。枯山水の名園竜安寺は、英雄伝説の一端を密かに伝えている。

太閤の託した夢も燃え逝きて秀頼眠る嵯峨清凉寺

——清凉寺にて

清凉寺

太閤秀吉が晩年、悪逆非道の限りを尽くしたのも、難波の夢として全て秀頼のためだった。

老体に鞭打ち、我が子の行く末を死ぬ間際まで案じて、遂に亡くなると、翌年盟友の前田利家も亡くなってしまう。

もう豊臣家に、老獪な政治家の家康に太刀打ちできる人物はいなくなった。家康は、大大名の前田家に謀反の疑いを掛け芳春院を人質に取り自陣営に引き入れた。同じように謀反の疑いをかけられた上杉家は真向反論、家康に対抗。

激怒した家康は、謀反人上杉家を討伐する為、出陣。すると有ろうことか淀殿は、家康に軍資金二万両と兵糧米二万石を与えた。

一方、挙兵した三成に軍資金は無く、有るのは義の心だけであり、結果裏切りが続出。

関ヶ原で勝利した家康は、豊臣家に六十五万石を保証したが、淀殿は拒否、孤高のプライドを持って大坂城で、秀頼と共に燃え尽きてしまう。嵯峨野の清凉寺の復興に尽力した秀頼の墓が清凉寺の境内に人知れず残されている。

懐かしき
難波の空を
仰ぎ見て
嫁ぎし殿と
眠りし都
―知恩院千姫墓前にて

知恩院

大坂城落城の前に、淀殿は、千姫を家康の陣営に返し、秀頼と自らの助命を嘆願したという。果たしてそうだろうか。かつて信長と秀吉の家臣として平伏していた家康の姿を見ていた淀殿は、今度は自分がその臣下となり、平伏してまで、生きながらえる気は少しも無かったのではないだろうか。

千姫は、自分の妹お江の大事な娘。ともに二度の落城という修羅場を経験し、三度も政略結婚させられ、辛い人生を余儀なくされた妹のお江。その妹を、これ以上悲しませることの無いように、淀殿は、千姫を無事送り届けたのだと思う。妹を思う姉の精一杯の配慮だったはず。七歳で嫁いだ千姫は、十一年間余り暮した夫秀頼との間に子は無かったが、夫が残した娘天秀尼の助命に尽力。

本多忠刻と再婚した後も、秀頼の忘れ形見を終生面倒見続けたという。ほとんど知られていない、この千姫の行為に心を打たれ、短歌を墓前に捧げた。

鴨川の
桜静かに
ほころびて
華やぐ古都の
風薫るとき
—鴨川にて

かぐわしき
京の都は
雲の陰
光悦住まう
鷹飛ぶ深山
—光悦寺にて

梅薫る
晴れの舞台で
舞う阿国
眺めおりしは
かの天満さま
―北野天満宮 右近の馬場にて

北野天満宮

歌舞伎の元祖出雲の阿国が京で華々しいデビューを飾った場所が、ここ北野天満宮。阿国が、当時流行していた男性の衣装を着て歌い踊る姿は、斬新そのもの。

みやこ人の注目を浴び大評判となると、場所を四条河原に移し、芝居小屋を立上げ興行を行った。この歌舞伎踊りの評判は、たちまち各地に広まり、その格好を真似するかぶき者がまちを闊歩する当世流行のファッション文化を創り出した。江戸城内の本丸でも勧進歌舞伎を披露した後、阿国は突然消息を絶ってしまう。さっそうと現れ、風のように去っていった阿国。すでに伝説の役者になっていた。その後、伝説が伝説を呼び、京で評判だった超イケメン名古屋山三郎とのロマンスも後世長く語り継がれた。

阿国の切り開いた歌舞伎踊りは、遊女による女歌舞伎、野郎歌舞伎へと継承発展し、今日の創作など斬新な歌舞伎へと時代を超え隆盛をみている。

夕暮れの
赤に染まりし
柿の実に
紅葉舞い散る
落柿舎の秋
―落柿舎にて

落柿舎

芭蕉の高弟向井去来の庵落柿舎に、芭蕉は度々逗留。渡り鳥が羽を休めるように旅の疲れを癒した。落柿舎は元々豪商の隠居所で、譲り受けた去来は二階を外し、瓦屋根も萱ぶきに変え、質素な草庵とした。それでも芭蕉にとっては贅沢な住居であり、居心地も良く十七日間も逗留したこともあった。

自然の宝庫嵯峨野は、王朝みやこ人の憧れの地、出家遁世や別荘の地にも選ばれた。かつて、王朝人が大堰川に舟を浮かべて、歌舞音曲を楽しんだり、大沢池や広沢池などで名月を眺め、また湖面に映し出し、歌を詠み楽しんだ景勝地も多い。

芭蕉は、落柿舎でいにしえ人の足跡をなぞるように嵯峨野を廻り、見聞きしたことを「嵯峨日記」に残している。落柿舎の戸口の前に掛かる猿蓑は、漂泊の吟遊詩人芭蕉に相応しいシンボル。俳句という「十七文字」の小空間で追究した不易流行の世界観は、漂泊の雲となって日本のみならず、世界の空へと流れ広がっている。今や俳句は、世界共通の文学となり「わび、さび」の日本の伝統、精神文化に惹かれる人々の心を捉えて離さない「文化遺産」となっている。

流れゆく
紅葉の川面
見守りて
赤松独り
紅に染まらず
——嵐山にて

朝霧に
煙る大堰に
浮かぶ舟
彼方の水面に
飛び跳ねる夏
——嵐山にて

うららかに
桜咲き出で
黄檗の
華咲き誇る
万福禅寺
―万福寺にて

万福寺

仏教が大陸中国から日本に伝わり、以来どれ程の人々が互いに行き来し交流してきたのだろうか。艱難辛苦の末、日本に辿り着き、骨をうずめた鑑真和上を知らない人はいない。後年同じような人が現れた。

江戸時代になって明国の高僧隠元禅師が六十三歳という高齢の身で日本を訪れた。母国の猛反対を押し切っての三年限定、期限付きの来日だったという。長崎から始まった説法を聴き、隠元和尚の仁徳に触れると、日本の僧侶の中から、多くの帰依者が生まれた。当時低迷していた日本の禅宗、臨済宗に「喝」を注入した隠元禅師の名声は江戸にも伝わり、四代将軍家綱に拝謁の運びとなった。将軍の信任と幕府の全面支援を得て、現在の宇治に大寺院を建立。将軍からは金二万両を下賜され大雄宝殿が建てられ、続いて大老酒井忠勝からは法堂、鐘楼の寄進を受けた。こうして隠元禅師は、遂に日本永住を決意。

中国の黄檗山万福寺に劣らぬ明朝様式の大寺院を十七年かけて建立。八十二歳で亡くなった隠元は「インゲン豆、スイカ、れんこん、たけのこ、煎茶、木魚」を日本に伝え普及させた。

鮮やかな
朱塗りの鳥居
くぐり抜け
彼方に望む
稲荷の山並み
―伏見稲荷大社にて

伏見稲荷大社

京都の数ある神社仏閣で、外国人の人気ナンバーワンを誇る伏見稲荷大社。人気は千本鳥居。この鳥居は、迷路か、はたまた不思議な国へ通ずる回廊か、ひょっとすると過去や未来へ導くタイムスリップの入り口か・・・。

延々と続く千本鳥居を潜りながら、ひたすら登っていくと、様々な思いが交錯する摩訶不思議な世界に、しばし浸れる。この異空間が人気の秘密。全国にある稲荷神社、四万社の総本山。新春の初詣は商売繁盛のご利益にあずかろうと、善男善女の人混みで溢れかえるという。創建は古く、八世紀初めの頃。「稲成り」が「稲荷」となり農業の神として崇められた。その後、空海の山岳密教信仰で賑わい、東寺の鎮守社となると、五重塔建設のため、資材がこの稲荷山から伐り出された。

その後、度々の戦乱で衰退。秀吉が伏見城を建ててから賑わいが復活。更に秀吉が母大政所の病気平癒のため巨大な楼門を寄進。この朱の楼門は、伏見大社のシンボルとなった。幕末動乱の禁門の変の時、社殿前で小競り合いがあり、そして鳥羽伏見の戦いを静かに見つめ、まさに時代が大きく変わる様を、生き証人として見届けた。

朽ちもせぬ
会津魂
偲びつつ
なみだ雨降る
金戒光明寺
―金戒光明寺にて

金戒光明寺

京都守護職になった松平容保は、ここ金戒光明寺に入り、一千名の家臣団が陣を敷いた。

境内は多くの藩士が寝泊りできる位、驚くほど広く堅牢な石垣もあり、まるで城郭のような威容を誇る。京都守護の勤番中、時代を変えるきっかけとなった禁門の変や鳥羽伏見の戦いなどで落命した会津藩士三五二名の墓が境内奥の片隅に、ひっそり残されている。

朝敵となった会津藩、それでも藩士の墓は、破壊されずに一人一人の名を刻んだ墓碑が整然と並んでいることに驚く。故郷を遠く離れ、命を落とした若き武士たちの墓石を眺め、会津で、その悲報を聞いたであろう家族に想いを馳せているうち、胸に熱くこみ上げ、思わず涙をこぼしそうになった。

幕末、明治維新の動乱期、官軍、賊軍とに分れ戦い、多くの人々が命を落とした。新しい時代の礎となり命を捧げた武士たち。どちらにも大義はあったと信じたい。せめて義に殉じた会津藩士を偲ぶこの地を、東北人の「聖地」にしたい。

壬生塚
歴代住持供養塔
新選組遺跡

楯となり
時代《とき》の刃を
切り抜けて
義の太刀一閃
振り抜く誠
―壬生寺にて

壬生寺

幕末の動乱期、時代の寵児として歴史の表舞台に躍り出た新撰組。何故これ程新撰組は、いつまでも語り継がれるのだろうか。時代の流れに抗し、将軍家に殉じた男達の、武骨な程の一途な生き様に惹かれるのかも知れない。

しかも率いたリーダーは、農民上がりの近藤勇と薬の行商をしていた土方歳三。武士階級でなかった二人だからこそ、時代の流れや各藩の動きにとらわれず、ひたすら武士に成りきろうとしたのでは。

結果、将軍家のため誠の道を突き進み、最期は戦場の露と消えていった。この頑固で不器用な生き様に、多くの日本人は共鳴。心を躍らせ、お気に入りの隊士を自分の人生に投影し、飽きずに語り続ける。

新撰組が、新撰組であろうとすればする程、時代の波は新撰組を追い詰め、次第に居場所を狭めていった。鳥羽伏見で敗れ、京を去り、江戸に戻っても居場所は無かった。直参の旗本に取り立てられた近藤勇だが、もう戦う気力は失せ、自首して刑場の露と消えた。

一方、副長土方歳三は、更なる戦いの場を求め、会津に転戦。最後は函館を死に場所と決め戦い散った。まるで武士道を誇示するかのように、華やかに散って逝った。

血に染めし
葵の御紋
褪せぬよう
一人先立つ
覚悟の隊士
―光縁寺 山南敬助
の墓前にて

光縁寺

新撰組隊士は、近藤勇や土方歳三のように、武州多摩出身の農民ばかりと思っていた。それが人気のある若き剣士沖田総司は白河藩出身。彼と仲の良かった山南敬助は、温和な隊士として、昔からテレビドラマで描かれ、よく知る隊士だった。最近になって仙台藩の脱藩浪士と知り、急に身近に感じられ菩提寺となっている光縁寺を訪れ、墓参りをした。壬生寺と異なり、訪れる人はほとんどいない。

そばに沖田総司の恋人と思われる女性の墓もあり、山南敬助が亡くなってから、三年後に埋葬されたという。沖田総司が兄と慕った山南敬助だったからこそ、そのそばに埋葬されたのかも知れない。

新撰組の結成時、土方と同じ「副長」の要職に就いていた山南敬助。それが突然「江戸に戻る」と書き置きして脱走。だが何故か、のんびり大津の宿に居た。追ってきたのが、一番仲の良かった沖田総司、切り合うことなく京に戻り、局中法度により切腹となった。介錯は、総司が務めた。

突然脱走した山南敬助だが、初めから切腹を覚悟して脱走したとしか思えない。死を以て新撰組の改革を訴えたかったのだろうか。それが何かは、大津の宿で一晩語り明かした沖田総司にしか分らない。

いくたびも
炎に巻かれ
時代《とき》超えて
雄々しく生きる
御所の黒松
―京都御苑にて

徳川の
天下築きし
石垣に
幕府の陰り
照らせし夕陽
―二条城にて

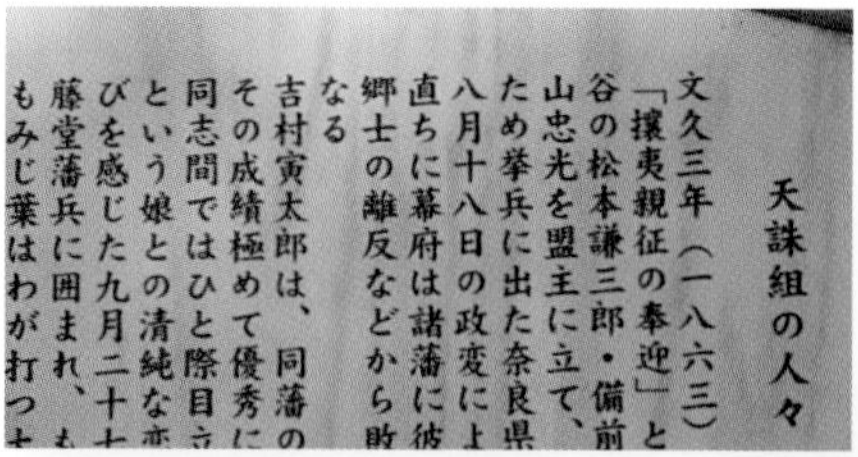
天誅組の人々
文久三年（一八六三）
「攘夷親征の奉迎」と
谷の松本謙三郎・備前
山忠光を盟主に立て、
ため挙兵に出た奈良県
八月十八日の政変に
直ちに幕府は諸藩に彼
郷士の離反などから
なる
吉村寅太郎は、同藩の
その成績極めて優秀に
同志間ではひと際目
という娘との清純な
びを感じた九月二十
藤堂藩兵に囲まれ、
もみじ葉はわが打つ

藩《くに》捨てて
国の為散る
勤王の
名も無き武士に
同じ名を見ゆ
——東山護国神社にて

東山護国神社

大政が奉還され、長く続いた武家政治が終わりを告げた。大名による領国領地の分割支配を基本とした幕藩体制から天皇を中心とした中央集権の国家と大きく変貌。

その昔、武士から政権を奪還しようと奔走した天皇がいた。後醍醐天皇その人で、五百年余りの時空を経て、天皇自らのまつりごとが、ここに再び始まった。

日本のトップとなった明治天皇は、維新の偉業を成し遂げた亡き功労者を慰霊する「招魂祭」を行い、この地に「霊山護国神社」を建立。官軍に属した薩摩、長州、土佐など歴史上の有名人がキラ星の如く居並ぶ、数多くの墓石が建てられた。その中に、尊王攘夷の旗を真っ先に掲げ、夢半ばに憤死した天誅組の墓を見つけた。歴史家は、これを厳しく「犬死」と断じているが、果たしてそうだろうか。当時の緊迫した社会情勢で、誰かが先に動かないと時代は動かない。

故に決起した勇気と行動力は無駄ではなかった筈。人の死を「犬死」とするのは不遜である。

都にて
時代を拓き
死せしとも
龍馬見つめし
賑わう古都を
―東山護国神社にて

日本人で坂本龍馬を知らない人はいない。そして嫌いな人もいないはず。好感度ナンバーワンの歴史上の人物。似たような存在で、広く愛されたのが西郷隆盛。歴史がもたらした偶然か、時代が要請した必然か、幕末の動乱期に、二人が存在したという史実。

神が、この二人を引き合わせたとしか思えない。もし彼らが居なかったら、大政奉還も明治維新も無かったのではと、つい思ってしまう。でも社会変革は、個人の力で出来るものではなく、社会の流れ、時代の潮流に乗った組織の行動結果によるもので、個人に帰結しないと歴史家は評する。そうだとしても「時代の波」や「うねり」を創る偉人が、社会変革の時には、必ず現れたことを内外の歴史は証明している。龍馬の人生は三十三年。僅か三十三年の生涯のうち、己の運命を変え、世の中を変えた活動の期間は、ほんの五年だった。脱藩して江戸に上がり、二十八歳で勝海舟と出会ったことから、全てが変わった。

たった五年間で、世の中を変え、時代を変え、日本を変えた龍馬。いま東山の高台にある霊山護国神社に墓が建てられ、盟友中岡慎太郎の像と共に、幕末から見事に生まれ変わった古都の姿を、共に見守り続けている。

未来《あす》に賭け
命捧げし
志士たちの
頬をつたうは
京の朝露

―東山護国神社にて

坂本家は元商人で、郷士となり身分の低い下級武士だったが、本家は城下きっての豪商だった為か、七人家族の坂本家は、割と経済的にゆとりがあった。次男龍馬十二歳の時、母が亡くなり、三女の姉とめが母代りとなった。十九歳の時、江戸に上がり名門千葉道場に入門、剣の腕を磨いた。

土佐に戻り二十七歳の時、武市半平太率いる土佐勤王党に加わったが、過激思想に付いて行けず、すぐ離反。脱藩し江戸に上がり、千葉道場でまた剣術修行を始めた頃、開国を唱えていた勝海舟を切ろうと面会したが、逆に諭されて弟子になり、以来海舟と行動を共にし、神戸海軍操練所設立に尽力。その後、拠点を長崎に移し亀山社中を立上げた。のち土佐藩の支援を受け土佐海援隊に改編すると、この間、交易を通じ、長州と薩摩の仲立ちを行い、薩長同盟を成立させた。その二日後、伏見の寺田屋を伏見奉行所が急襲。

龍馬は、深手を負いながらも薩摩藩邸に逃げ込み、一命を取りとめた。次第に龍馬包囲網が迫る中、京の海援隊拠点の酢屋から四条河原町の土佐藩御用達の近江屋に移ったが、京都見廻り組に襲われ、若き英雄は武士時代の終焉を見る前に、人生の幕を閉じた。

悲報を聞いた土佐の盟友佐々木高行は「君がためこぼれる月の影暗く涙は雨と降りしきりつつ」と慟哭の涙溢れるまま、哀悼の歌を残した。

山本覚馬之墓
古里と
帝の内裏を
見守りて
覚馬眠りし
若王子の森
―同志社共葬墓地
山本覚馬墓前にて

山本覚馬

京都守護職となった藩主と共に上洛した会津藩砲術師範の山本覚馬。京の都の治安維持の傍ら国内外の情報収集に努め、洋学所を開き藩士らに蘭学や兵学を伝授。

在京中に起きた薩英戦争で、西欧列強の軍事力に圧倒された薩摩藩の情報に触れ、安易な攘夷を避け軍備の近代化を優先させた海防論をまとめ上げていた。覚馬は開明派で、会津藩の行末だけでなく国の行末も案じていた。同じ考えを持つ憂国の士は、西国の薩摩、長州、土佐にも多くいた。だが近代国家に至る道筋をめぐり公武合体派と尊王攘夷派とに意見が分れ激しく対立。

皮肉にも同じ志を共有する者同士が戦い、多くの犠牲が出てしまう。蛤御門の変が起き、覚馬は砲弾の爆風を浴び眼を負傷。以後戦闘には参加できず鳥羽伏見の戦いの時に京に留まっていた覚馬は薩摩藩に拘束されてしまう。だが幕臣でありながら西欧の事情にも通じ、高い識見を持つ覚馬は西郷隆盛、小松帯刀らにも知られた存在のため解放された。自由の身になった覚馬は遷都と戦乱で荒廃した京都の復興再生に尽力。京の都に骨を埋め、若王子山頂の同志社共葬墓地に家族と眠っている。

管見の
高き理想を
指し示し
国の行末
照らし進まん
―山本覚馬留魂歌

朝敵の会津藩士山本覚馬を許し、活躍の場を与えた明治政府の度量に敬服。新政府は人を見る確かな目を持っていた。事実、覚馬は江戸で佐久間象山、勝海舟の下で蘭学を学び、西欧の事情や先進技術に通じていた逸材だった。一時、薩摩藩に捕らわれ、幽閉されていたが、国を憂うる熱い思いを獄中で「管見」として纏め、薩摩藩主に上申した。

これを見て、さぞ驚いたに違いない。何と天皇制の下に行政、立法、司法の三権分立と国会に当たる議事院の二院制導入、貿易立国、男女平等、女子教育の振興を説く、驚くべき内容だった。封建時代がやっと終わりかけたこの時点で、これほどの見識を有する人材は、新政府にもいなかったのでは。

視力を失っても国のあるべき姿は、覚馬の眼にはっきり見えていた。京都府顧問になると、「牧畜、製革、製靴や製紙業」の新産業を興した。のちに議員に転身し初代議長にも選ばれた。幕末の動乱で荒廃した京都を復興させ、同志社の創立に尽力した不屈の覚馬は、後世へ長く語り継ぐべき偉人である。ひょっとして山本覚馬には、龍馬の魂が乗り移ったのかも。

熊野へとつづく古道の頂きに見まがう峰に八重が眠りぬ
―同志社共葬墓地にて

同志社共葬墓地

会津で生まれ育った山本家三女の八重。長男覚馬は十七歳も年上で、弟に三男の三郎がいた。その会津で生涯を全うするはずだった、力持ちで男勝りの八重。だが激動する時代はそれを許さなかった。

初代藩主保科正之の遺訓によって、徳川将軍家に忠勤を励むことが唯一の存在意義と命じられた会津藩。藩士の子にも、この精神が叩き込まれ、十歳になった男子は必ず、藩校日新館に入った。その前の幼少期の六歳から九歳までには什の掟が教え込まれた。

時代がどんなに変わろうと、会津藩は、徳川将軍家に殉ずる道しか無く、京都守護職を命じられると、多くの家臣を率い上洛。御所と都の治安を守り続けた。

ところが鳥羽伏見の戦いで、天皇に弓引く朝敵とされ、驚きと落胆の中、戦いに敗れ、遂に会津城下にまで攻め込まれてしまう。会津藩は、孤立無援の中総動員体制がとられ籠城。兄覚馬の砲術指導を受けていた八重は、戦死した三郎の軍服を着て獅子奮迅、八面六臂の活躍を見せた。だが兵力の尽きた会津藩は遂に降伏、本州最北端の斗南藩に移された。生き残った八重は、兄覚馬が京都にいることを知り、兄を頼り京へ移住。

若王子神社墓所

遙かなる
会津の空を
望み見て
祈りの峰に
咲く八重桜
—新島八重の墓前にて

新島八重の墓前

京の都にキリスト教を広め、同志社を創立した偉人の夫新島襄の墓石と比べ、隣の八重の墓石は何と質素で、小さいものか。当時の八重は、夫ほど有名ではなく、注目される存在ではなかったという証か。

二十四歳の時、八重は、会津の籠城戦で最新鋭のスペンサー銃を撃ちまくり武勇を轟かせた。一方城下では戦える女性のすべてが薙刀を持ち戦場に出撃、そうでない女性は集団自決し悲惨を極めた会津戦争。その生き地獄から帰還できた八重。その生き様は、今では戊辰戦争の秘話としてではなく、誰しも知っている史実として、歴史の一ページに間違いなく記された。

過去を清算するように、第二の人生を送る京都で再婚し、キリスト教徒になった八重。悲惨な思い出しかない筈の会津で、小さい頃に覚えた「童子訓・什の掟」は、終生忘れることは無かったという。夫襄を、四十六歳の時看取り、二年後、兄覚馬を看取った八重は、昭和七年六月、波瀾に富んだ八十六年の生涯を閉じた。

今は、夫のそばで兄、両親、弟らと共に同じ墓地で眠っている。会津の辛い出来事や、京の都で過ごした楽しい日々を尽きることなく語り合っているのだろうか。

清水の
高き舞台に
立てしひと
カナダの言葉
古都に流れる

—清水寺にて

清水寺

奉職していた市役所の国際交流事業に共に関わり、以来四半世紀に渡って親交を結んできたカナダの友人。あの東日本大震災で、自宅が被災した為関西に移り、京都で英会話のビジネスを再開。その友人の母が震災見舞いの為に来日したので、一緒に京都を廻り、古都の春をしばし楽しんだ。

世界遺産の宝庫、京都には観光名所が数多くあり、どこへ行っても外国の人の波で溢れかえっていた。周りには、外国語が飛び交い、まるで外国に行ったかのような錯覚をつい覚えてしまう。よくよく周りの景色を確かめて、やっとここが日本だと思い直すほど。

今や京都は、世界一の人気を誇る国際観光都市に生まれ変わった。今後もこの地位は揺るがず、京都へ行けば行くほど、新たな魅力が見つかり、国内外から「マイ京都」を見つけようと「リピーター」が増えるのは確実。

龍馬も覚馬も笑顔を浮かべ、この古都の様子を眺めているはず。

千年の
時代《とき》を刻みて
流れゆく
哀しみ映す
鴨の流れよ
——古都巡礼歌

穏やかに、ゆったり流れる鴨川。山々に囲まれた、この山城の地に都が遷され、以来悠久の時を経て、今も澱みなく流れ続けている鴨川。絶えることのないその美しい流れをなぞり遡っていくと、川の底から次々と泡のように浮かび上がり、幾つもの文様を作って流れていくのが見える。

まるで人の叫びやうめき声が次々泡のように浮かび上がっては悲しみの水紋を作り、流れ去っていく。その昔、帝の住む都は幾度も争乱の場となり、戦い破れた人々が「無念の涙」を流し最期を迎えた。保元平治の乱、源平の争乱、南北朝の内乱、応仁の大乱、幕末の動乱と幾多の戦いで夢破れた人々は、どれ程の涙を流したのだろうか。その多くは古都の大地に沁み込み、嘆きの水脈となって鴨川の底から澱みなく湧き出ている。

幾時代を経て、川底から沁み出した涙は、古都の悲話を伝える語り部となって、今日もゆったり、穏やかに流れ続けている。

第二部

震災地巡礼の詩

～命輝く故郷を再び～

名取

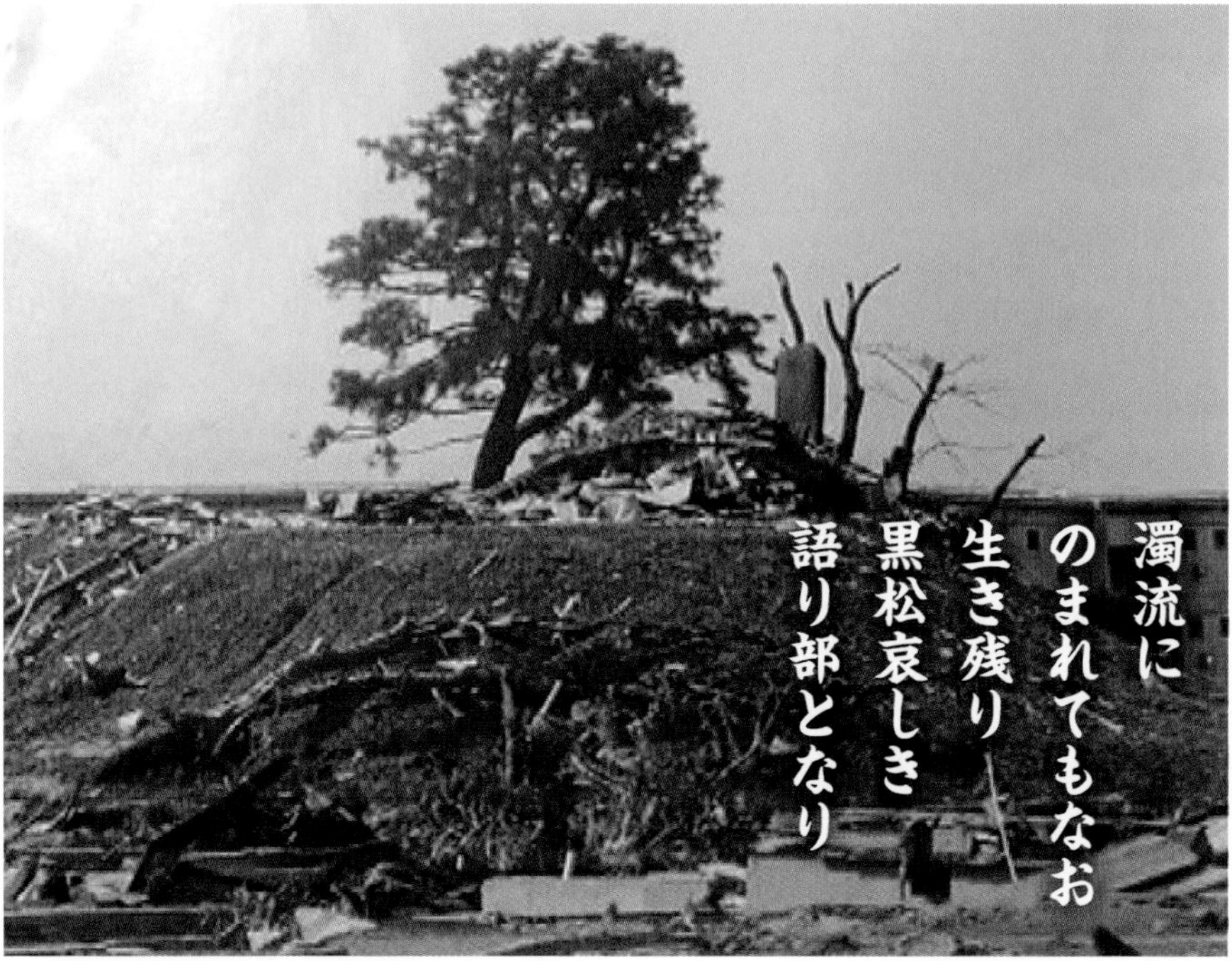
濁流に
のまれてもなお
生き残り
黒松哀しき
語り部となり

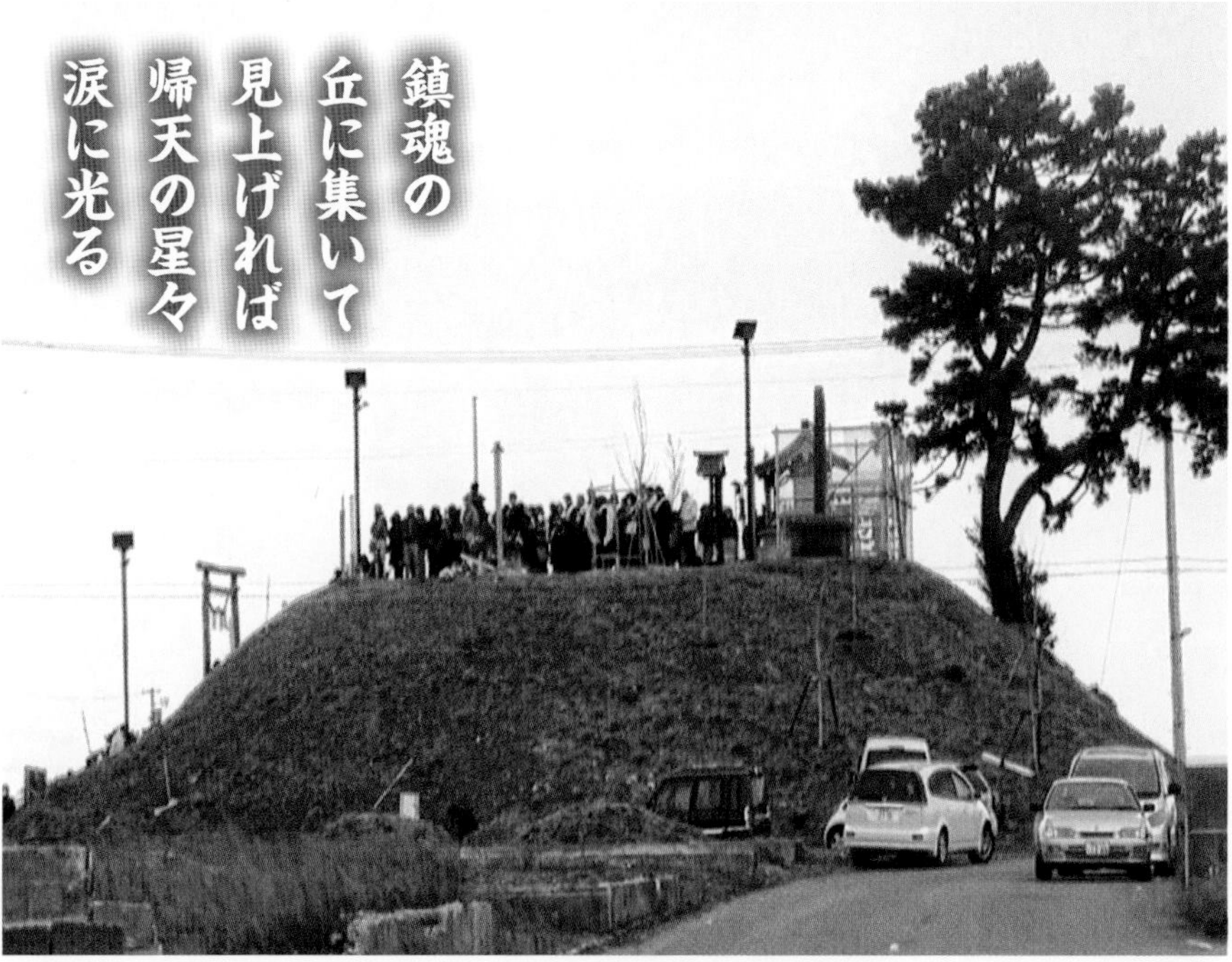
鎮魂の
丘に集いて
見上げれば
帰天の星々
涙に光る

修羅場見て
言葉失い
時刻《とき》止まり
悲しみの記憶《とき》
伝えん永遠に

悲しみが
寄せては返す
磯に立ち
流れし日々の
亡き骸探す

夢失せて
砕けた未来
海の底
人のはかなさ
浜に凍てつく

うず高く
積まれし瓦礫
むせび泣く
砕けた夢と
重機の嗚咽

寒風に
足元すくむ
捜索隊
水嵩まして
悲しみ引かず

紺碧の
水面に映る
閖上は
悲しみ深く
波間漂う

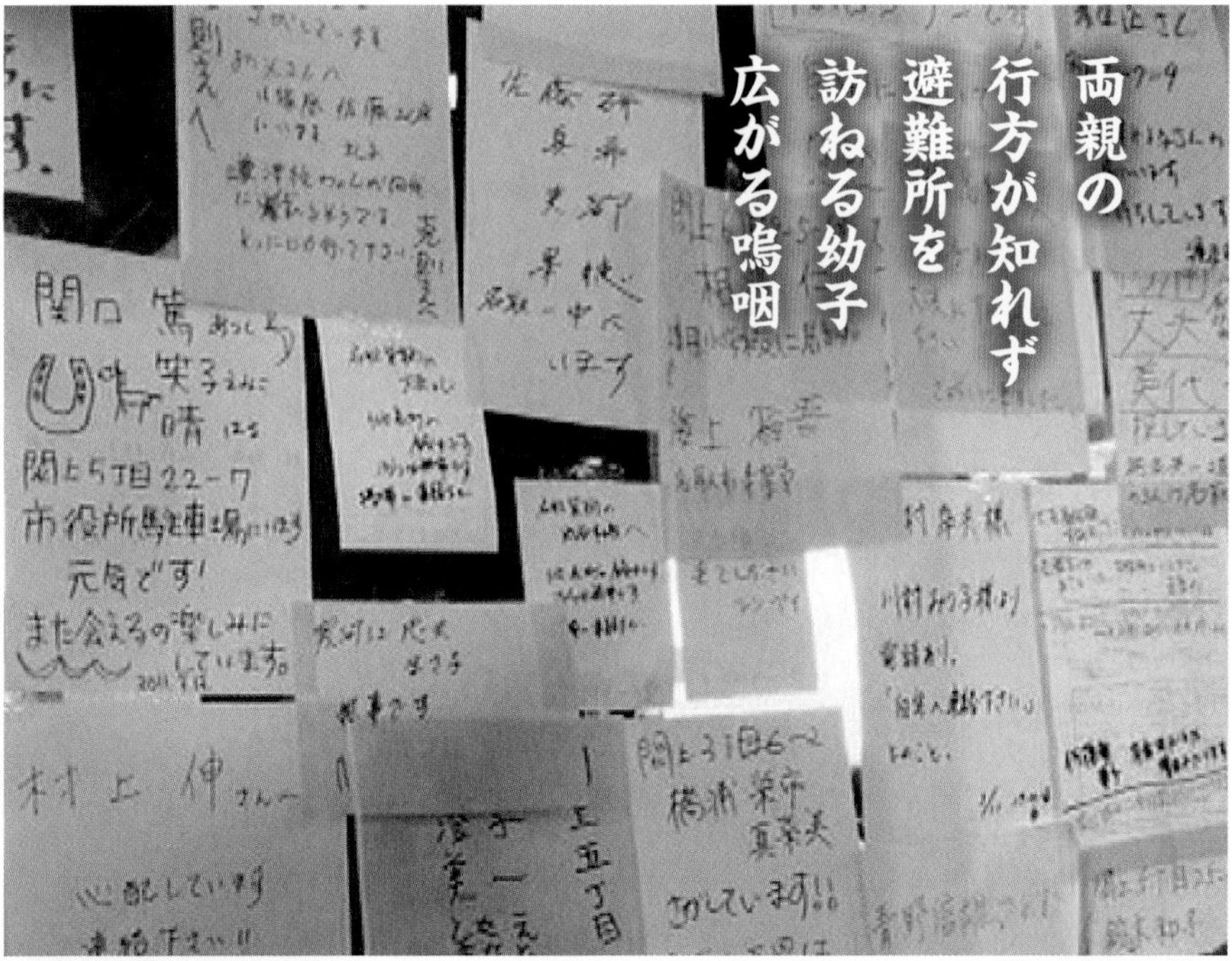

両親の行方が知れず避難所を訪ねる幼子広がる嗚咽

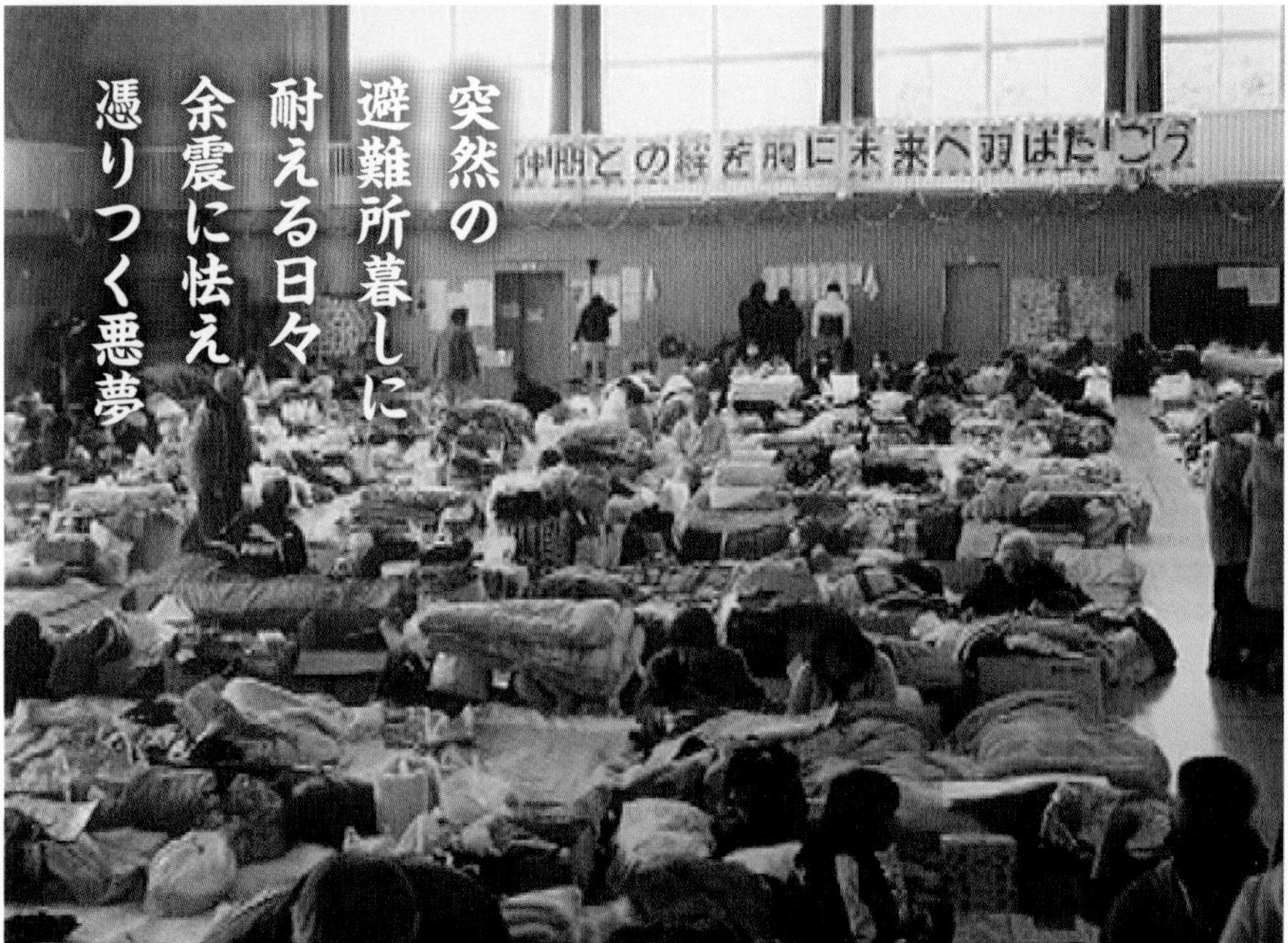

突然の避難所暮しに耐える日々余震に怯え憑りつく悪夢

被災地で
希望を集め
温めては
踏み出す一歩の
明りを灯す

温もりを
求めて集う
人の波
悲しみ分かち
歩みし共に
灯 油

身を挺し
高台避難
呼び掛けし
人は夜空の
輝く星に
絆
誠
友愛
一歩ずつ前へ
忘れない

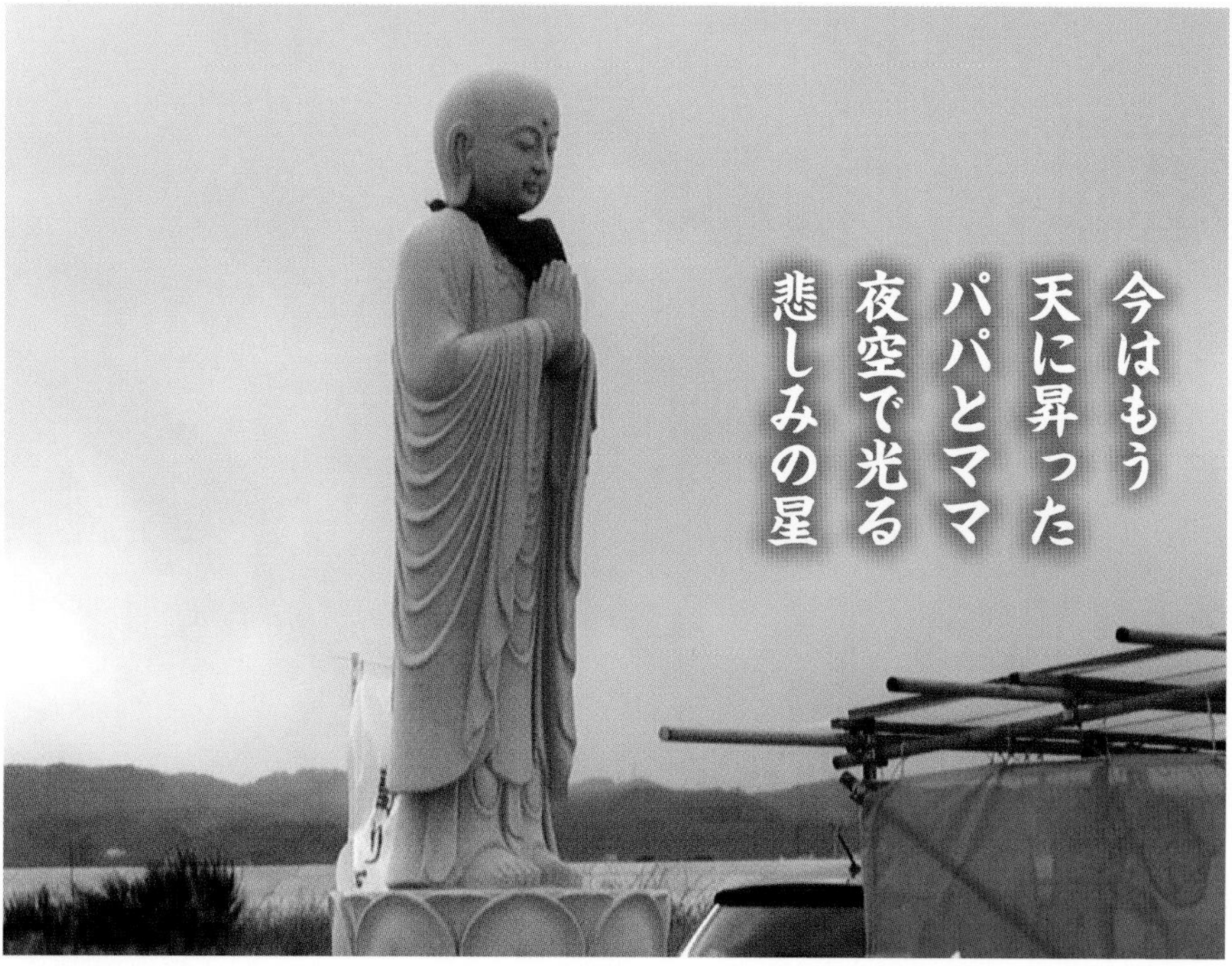
今はもう
天に昇った
パパとママ
夜空で光る
悲しみの星

海は友
波はゆりかご
とこしえに
夢見しまちは
何処に在りや

鎮魂の
丘より街を
見渡せば
更地を舐める
強き浜風
合掌しましょう
いのり

生き残る
日和の黒松
見つめるは
人並み絶えた
故郷の浜

共に生き
共に夢見た
我が友は
遥か彼方の
西方の空

今日もまた
我が児の行方
探せども
変わらぬ波間に
水鳥遊ぶ

落城の
天守に似たる
家ひとり
浜風に耐え
身じろぎもせず

無残にも
打ちひしがれて
立ち尽くす
息絶え絶えの
黒松二本

津波去り
傷跡深き
北釜の
大地に生きる
鎮魂の花

北釜の
津波伝えし
殉職碑
命に代えて
故郷救う

逝き人の
面影たどる
夕暮れに
残りし我が家
影も作らず
佐々直

先立てし
人の弔い
何処でする
御魂眠りし
浜に住まずして
東日本大震災物故者慰霊
寄り添いお地蔵さ
曹洞宗全国宗務所長会

学び舎と
別れの涙
頬つたい
想い出ひとつ
また消えてゆく

瓦礫から
盛土に代わって
うず高く
ふるさと埋もれ
光り届かず

人工の
巨大な壁で
なに防ぐ
自然と抗う
愚かさ知らずや

仙台の
城下のみなもと
木曳き堀
津波にのまれ
流れし歴史

政宗の
御代に起りし
大津波
再び出遭った
行燈の松

物言わぬ
我がもの顔の
ミキサー車
何を練り込む
復興の夢

波蒼く
静かに寄せて
船浮かべ
漁待ち顔の
五年目の浜

千年の
先まで生きよ
京桜
津波到達
伝えんために

南相馬

降り注ぐ
見えない恐怖
避けてなお
想いは募る
相馬の空に

あの日より
人影消えた
ふるさとの
桜萌え出で
観る人も無く

小高駅
傍で生まれた
ふるさとの
幼き日々は
熱き想い出

遠き日に
釣りに興じた
ふるさとの
川に住まうは
悲しみの塵

原発の
亡き骸哀れ
今もなお
見えない悪魔
潜み住み付く

置き去りで
野生に返った
家畜たち
鋭い眼で
威嚇する群れ

野馬懸けの
歓声消えて
沈黙が
広がる森に
生きる山桜

人除けて
まちに蔓延る
セシウムを
覆い隠すか
蔦の葉の森
桃内
ももうち
小高
浪江
Momouchi

突然に
主の去った
我が家を
留まり護り
息絶えた犬

どこまでも
広がる大地
故郷の
人影消えて
居座る悪夢

復活の
法螺貝再び
鳴り響き
馬上勇まし
相馬の夏よ

風となり
時代を超えて
躍り出た
騎馬武者駆ける
相馬の大地

将門の
夢継ぐ武士の
心意気
高く掲げよ
復興の旗

相馬武士
天変地異に
出遭えども
不屈の魂
伝えし口上

騎馬武者に
託する願い
唯ひとつ
命かがやく
ふるさと再び

報徳の
仕法で藩《くに》を
建て直し
今も息づく
積小為大

二宮金次郎

古い小学校には、必ずあった「二宮金次郎」の像。

小田原栢山の裕福な農家に生まれたが、度重なる水害で田畑は流出し、家は一転して没落。そこから金次郎の世に知られた努力が始まり、地道な取り組みによって家を再興。その後、小田原藩の農村振興に尽力。この成功が幕府老中水野忠邦の目に止まり、幕臣に取り立てられ、名を尊徳と変え、日光神領の復興に晩年を捧げた。

努力を惜しまぬ不屈の改革者金次郎を「代表的日本人」として、世に広めた内村鑑三。鑑三が参考にしたのが「報徳記」という本。この本は、尊徳の高弟富田高慶が、師の教え、業績を纏めたもので、明治天皇の愛読書となり宮内省からも刊行された。

全国に知られた超有名人の尊徳が、何と地方の小藩相馬藩と密接な関係にあったことを、震災後初めて知った。

少年期を相馬の小高で過ごしたが、この事実に触れることは無かった。半世紀を経て、仙台の地で、わが故郷の偉大な歴史を知った。野馬追いで有名な相馬だが、誇るべき先人の歴史を忘れてはならない。原発事故で苦しむ今だからこそ、報徳仕法に倣い、地道な努力を積み重ね、故郷を再生して欲しい。

師の教え
一つ一つを
世に伝え
無私の取組み
至誠の誇り
―富田高慶留魂歌

富田高慶

相馬の人は千年の伝統行事の「野馬追い」で、心が一つにまとまり、原発事故で離れた人もこの時期は必ず戻って来る。その野馬追いも江戸時代の天保の飢饉や地震などの災害に襲われ何度か中止になった。

この窮状を救ったのが尊徳の一番弟子富田高慶。多忙を極めた尊徳は弟子を全て断っていたが、何度も門を叩いた高慶。そして尊徳の傍に移り住み、連日訪問すると根負けした尊徳は弟子入りを許した。やがて絶大な信頼を得て、尊徳の娘ふみを妻に迎え後継者となった。

僅か二つの村で始まった相馬の農地開発は十年余りで大きな成果を上げ、領内の石高は飛躍的に伸び藩の財政も改善された。藩は御礼に毎年米二百俵と七十二両を贈ることを決定。だが尊徳は固辞し、次の報徳仕法の資金に充てるよう助言、これが遺言となった。七十歳で亡くなった尊徳は相馬に足を踏み入れず藩の収入支出の帳簿だけを見て、藩政改革の処方箋を高慶に示したという。藩は尊徳の家族を招聘し恩に報いた。師の教えを「報徳記」に著し、偉人を世に広めた富田高慶は、今尊徳の家族と共に南相馬の地に眠っている。

著者プロフィール

島　正（しまただし）

昭和 25 年（1950 年）5 月 22 日、福島県相馬郡小高町（現南相馬市小高区）に生まれる。

昭和 36 年 4 月、小学校 5 年の時、仙台市に移る。
昭和 48 年 3 月、山形大学人文学部、経済学科卒業
昭和 48 年 4 月、宮城県名取市役所の職員となる。
平成 22 年 3 月、名取市役所を退職、現在に至る。
平成 23 年 3 月発生の東日本大震災を後世に伝える為、文筆活動を開始。これまで「帰天―慟哭の大地と海」と「追想の風」（ともに文芸社刊）を出版。

尊敬する歴史上の人物は、高山右近、富田高慶、山本覚馬。
本の収益の総ては、東日本大震災の孤児、遺児の支援事業に寄付。

古都・震災地巡礼の詩
平成 29 年 2 月 1 日　初　版

検　印
省　略

著　者　島　正
発行者　藤原　直
発行所　株式会社金港堂出版部
仙台市青葉区一番町 2-3-26
電話 022-397-7682
FAX 022-397-7683
印刷所　株式会社ソノベ

落丁本、乱丁本はお取りかえいたします。

© TADASHI SHIMA

ISBN978-4-87398-111-6